Delirio salvaje

Lucia Rubio

© *Lucía Rubio, 2021*

Montevideo, Uruguay

Contenido

*Para todas aquellas personas que
desean ser amadas*

SI QUIERES CONOCERME Y SABER UN POCO MÁS SOBRE EL LIBRO QUE COMENZARÁS A LEER, TE INVITO A ESCANER EL CÓDIGO QUE FIGURA A CONTINUACIÓN.

Capítulo 1

Eran cerca de las seis de la tarde cuando apoyó las valijas en la puerta y se quitó los zapatos. La invadió el olor a encierro. Pensó en que su amiga había olvidado ventilar las habitaciones. Levantó las cortinas de enrollar y abrió las ventanas. Se conformó con pensar que había cumplido su promesa de regar las plantas. Se veían lindas, aunque los pétalos de la camelia estaban caídos en el parqué. El suave sol de otoño se estaba escondiendo entre los edificios, pero bastó para hacerla sonreír. Al fin estaba en casa.

—Hola, Sam, acabo de llegar al país. Tengo ganas de salir a tomar una cerveza —escribió y pulsó enviar.

La había llamado al bajar del avión. Ahora, un tanto inquieta, pensó que su amiga estaría ocupada trabajando. Eligió música en el celular y se introdujo en la ducha. Había dormido más de nueve horas en el viaje desde Madrid, aunque no había descansado como corresponde pues los asientos de clase turista eran incómodos, y la pareja de ancianas que viajaban a su lado se pasaron de cotilleo.

Al salir de la ducha vio la llamada perdida de Sam, había un mensaje de ella. Aunque ni siquiera se había secado el cuerpo desnudo, leyó el mensaje: Hola, Rebe, estaba ocupada en ya sabes qué... Te espero en Barba Negra a las nueve, ¿te parece?

Su amiga siempre la hacía sonreír. Contestó afirmativamente y pulsó enviar.

Llevó las valijas hasta la habitación y sacó su camisón de encaje de la maleta más grande que estaba cerrada con un pequeño candado fucsia. Tenía un rato para disfrutar leyendo en su cama un libro que se había traído de Madrid; sin embargo, se distrajo con mensajes de sus redes sociales.

Hacía meses que su libro *No llores que te escucha el lobo feroz* estaba en el top de ventas y desde entonces había estado poco tiempo en su país. Se había pasado viajando a Europa y Estados Unidos, haciendo presentaciones, entrevistas y eventos relacionados con el libro. Esto había incrementado sus ingresos, así como su popularidad. Por ese motivo, recibía cientos de mensajes por día por diferentes canales. Ella, siempre agradecida con el universo y con sus lectores que le daban la oportunidad de vivir de lo que amaba, se tomaba el tiempo de contestar todos los mensajes. Algunos eran publicidades o personas que querían invitarla a algún evento. Sonrió satisfecha, no daba crédito a todo lo que estaba viviendo, al fin tenía el éxito que merecía.

Le llamó la atención que tenía varios mensajes de una muchacha que se hacía llamar *Nubecita*. En otras oportunidades le había escrito para felicitarla por sus logros y de tanto en tanto compartía algún poema escrito por ella. *Nubecita* era insistente y había comenzado a escribirle casi todos los días. Por tal motivo, empezó a despertar la curiosidad de Rebeca. En su perfil tenía una foto en la que posaba sonriente, mostrando apenas el escote. Era una muchacha de hermosa cabellera negra y ojos verdes, que no tendría más de veinte años. Sin contestarle los mensajes, salió de la aplicación y fue a la cocina a preparar un *capuccino* de sobre que tenía en la alacena. En pocos minutos tendría que salir a encontrarse con su amiga.

Cuando Rebeca arribó al bar, Samanta ya se encontraba sentada en la barra bebiendo una cerveza. Llevaba el pelo corto y más rojo que la última vez. Vestía unas botas largas hasta la rodilla y un vestido con un prominente escote que dejaba al descubierto sus nuevos implantes.

—Amiga, te he extrañado un montón —le dijo Rebeca abrazándola por atrás.

—Disculpa que he empezado sin ti pero no sabes lo que me ha sucedido, me he venido súper enojada —dijo devolviéndole el abrazo y dirigiéndose al cantinero —. Tú, que andas ahí pasmado, tráele a mi amiga una cerveza, y otra para mí, guapo, no te ofendas, sabes que te quiero.

Rebeca no se sorprendió por la verborragia con la que hablaba su amiga. El cantinero ya las conocía, y hacía oídos sordos.

—Hola, Rebe, ¿cómo te ha ido de viaje? —preguntó Rober.

—Vaya a trabajar, buen hombre, que primero me tiene que contar todo a mí.

—Cuéntame primero qué te ha sucedido. Veo que has cambiado el look.

—Ay ¿esto? —dijo haciendo mucho énfasis en sus palabras y moviendo la melena roja. El cantinero se fijó en lo que mostraba el escote que se movía con furia dentro del vestido.

Dio un sorbo de cerveza y continuó hablando, mientras Rebeca se acomodaba en el taburete junto a ella.

—Camilo está saliendo con otra, le he descubierto unos lentes de mujer dentro de su mochila. Y antes de que me digas que estoy imaginando cosas, ¿me vas a decir que él usaría lentes con diseño de leopardo?

Rebeca negó con la cabeza y dio un sorbo a su bebida.

«Y entonces fui y le canté las cuarenta, todo lo que estuve reteniendo por meses y dejé pasar para no armar lío, pero esto es increíble. Yo sé que no somos novios, que de común acuerdo dijimos ser libres, pero vamos, después de seis meses saliendo y compartiendo absolutamente todo, me parece que el noviazgo es algo tácito, ¿no crees? Así que lo mandé a ya sabes dónde. Y las prendas que tenía suyas en mi departamento, las doné a la caridad» —dijo con una sonrisa socarrona.

«Su hermana me adora, y me ha invitado a su casamiento. Creo que voy a asistir sólo para hacerle la vida imposible al mal nacido de Camilo que se piensa que puede cambiarme por otra. Y ojalá vaya con la chica *animal print* así la fulmino con la mirada todo el evento y si puedo le tiro la bebida en su camisa».

—¿Y él que te dijo?

La muchacha largó una carcajada. —¿Y qué me va a decir? Que se trata solo de mi imaginación, que esos lentes no sabe cómo llegaron ahí, que seguro son de alguna amiga o de su hermana.

—¿Y no hay una remota posibilidad de que así sea?

Sam la fulminó con la mirada. —¿Es en serio? En fin, no lo sé con exactitud. Lo más frustrante es que me trató de loca. Siempre se sale con la suya.

—De todas maneras, asumo que hoy te entretuviste con otro… —dijo con una gran sonrisa pícara.

—Ay, amiga, pero claro, mira si voy a perder el tiempo. Le mandé un mensajito a Patricio, para ver qué era de su vida, y… qué te puedo decir, nos juntamos a celebrar por los viejos tiempos, y una cosa lleva a la otra. Sin embargo, reconozco que no dejaba de pensar en Camilo. Estoy con una bronca que no te puedo explicar. Del corazón estoy hecha una madeja, pero de lo otro, estoy más que satisfecha—dijo guiñándole un ojo.

—Presumida.

Como en una película muda, veía las gesticulaciones extravagantes de Sam, cómo cruzaba las piernas y los brazos y luego cambiaba de posición, pero sin escuchar lo que le decía, como si hubiese apagado sus oídos luego de tantos minutos de lamentaciones. La quería como a una hermana, pero a veces no podía seguirle el tirón.

Por otra parte, no podía dejar de pensar en Guillermo, quien había quedado en Madrid. Había sido dura la despedida, pero no tenía más remedio que olvidarse del asunto pues no volvería por esos lados hasta dentro de dos o tres meses. Al recordarlo, una sonrisa de oreja a oreja se le dibujó en el rostro.

Capítulo 2

Se despertó con un rayo de luz que se filtraba por la persiana. Miró la hora en su celular, marcaba las siete. Maldijo por haberse despertado tan temprano, el cambio de horario y la salida con su amiga la habían dejado sin fuerzas para levantarse de la cama. Tenía un mensaje del joven español que le sacó el malhumor con solo ver su nombre en el móvil.

"Hola, hermosa, espero que hayas tenido un buen vuelo. No veo la hora de que vuelvas".

Un suspiro salió de los labios de Rebeca. Por ahora no va a poder ser posible, se dijo. En algún momento se había cruzado por su cabeza la idea de mudarse de forma permanente a Madrid, en principio porque había viajado dos veces en lo que iba del año, y la mayoría de sus redes comerciales se estaban tejiendo en esa ciudad.

Creía que su éxito sería mayor si se mudara, pero sus afectos la retenían en su país natal. Desde que había fallecido su madre cuando ella tenía 10 años, se había acercado mucho a su padre y hermanos, que eran menores que ella. De alguna manera había ocupado el lugar maternal, y sentía culpa de solo pensar en abandonarlos.

Pero ahora había conocido a Guillermo, y su interés por vivir en Madrid se había vuelto más repetitivo en su mente y sobre todo en su corazón. Quizás la alternativa era alquilarse un piso por allá y no abandonar del todo su país, pero en ese caso tendría que mantener dos apartamentos y pagar muchos vuelos de Iberia. Podría ser una opción pero en el momento no quería ponerse en gastos.

"Hola, hermoso. Tuve un lindo vuelo, ayer ya estrené tu regalo. Tiene un aroma floral rico que no empalaga". Releyó el mensaje, borró las últimas tres palabras y pulsó enviar.

No tenía nada para desayunar, por lo que se dirigió a la cafetería a comprar un café con vainilla. Cuando la chica la llamó para alcanzarle su café, no la escuchó por estar ensimismada en sus pensamientos. Lo extrañaba demasiado, tanto que era molesto. Pidió disculpas y se retiró avergonzada del comercio.

Condujo por la rambla hasta donde tendría una reunión con una empresa que se había mostrado interesada en hacer una película basada en una de sus obras. Ya había mantenido una reunión anteriormente, pero las regalías que le ofrecían eran tan insultantes que aquel día, con mucha educación, los mandó al demonio. Después de aquel encuentro no pensó que estuviesen interesados en llamarla de nuevo. Seguramente su obra era mejor de lo que pensaba, concluyó gustosa.

La reunión sería en el *Max Center*, un edificio de categoría que albergaba a las empresas internacionales más destacadas del mundo. Se presentó en la recepción, donde le solicitaron su documento y le entregaron una tarjeta magnética con la que habilitaría el llamado del ascensor. Luego de unos segundos, una gran puerta se abrió y una voz robótica la invitó a subir. Se sintió en la nave nodriza a punto de despegar.

Al llegar, una recepcionista que no llegaba a los 25 años, de hermoso cabello castaño y ojos celestes, le solicitó que aguardara en una pequeña sala de espera. Rebeca eligió sentarse en un sofá de color beige que se encontraba alejado de la entrada, junto a una ventana donde se podía divisar parte de la rambla. La decoración del lugar le pareció demasiado pomposa, con sus enormes cuadros coloridos y estatuas de mármol. Una gran lámpara de pie se dirigía a la mesa ratona de vidrio que tenía a sus pies. A pesar de todo, debía reconocer que se encontraba en un lugar estratégico, con una vista hermosa de la ciudad. El

Río de la Plata se mostraba sereno luego de varios días de intensas tormentas.

—Señorita, ya puede pasar. Acompáñeme, por favor —le indicó la recepcionista, que al acercarse a ella y a pesar de estar encima de unos zapatos de taco alto, percibió de menor estatura a la imaginada.

La funcionaria vestía el uniforme de la empresa: un conjunto de pollera tableada azul marino, que hacía juego con una camisa blanca y una chaqueta azul de finas rayas blancas. En su largo cuello, un pañuelo rojo daba el toque final al conjunto.

Rebeca la siguió en silencio por un pasillo angosto, y luego de pasar de largo varias oficinas, arribaron a la sala de reuniones y atravesaron una puerta de vidrio. La oficina, que era como una gran pecera, mostraba a los peces gordos con los cuales mantendría la reunión. Al parecer estaban todos reunidos y discutiendo algunos temas importantes porque había carpetas distribuidas en la mesa. Pudo reconocer a Eunice y a Raquel, dos escritoras extranjeras que colaboraban con la editorial. Frente a ellas se encontraba el señor Carter, del cual nunca supo el nombre de pila, con quien había tenido el fuerte desencuentro la vez anterior. A su lado, una mujer canosa que no había visto antes. Y del otro… Rebeca tuvo que ver dos veces para creerlo. Del otro lado se encontraba su exnovio, quien al verla, se levantó como resorte y se acercó a abrazarla.

En ese momento conjeturó sobre el motivo de su segundo llamado. Qué demonios hacía él ahí. Lo último que había sabido es que estaba estudiando abogacía. Nada que ver, nada que pudiera relacionar, ¿o sí?

—Rebe, ¡tanto tiempo! ¡Qué gusto verte!

—Hola, Martín. No puedo decir lo mismo —dijo suavemente en su oído—, y luego se dispuso a saludar con un beso a cada uno de los presentes.

Al cabo de una hora, Rebeca se despidió de todos y se ubicó para salir por donde había ingresado, pero Martín le cortó el paso. A solas en un rincón de la sala, le dijo que estaba feliz de que pudieran comenzar a trabajar juntos, aun sabiendo que Rebeca detestaba esa idea.

Salió del edificio bufando. Aspiró una gran bocanada de aire que llenó sus pulmones, y maldijo por ser tan débil, mientras se metía violentamente en su coche. Encendió el motor y quedó contemplando la nada, mientras de fondo sonaba una canción de *The Police*. La habían engatusado por su falta de experiencia en negociaciones, estaba segura. Había gato encerrado. Lo descubriría con el tiempo, quizás no debería alarmarse, se dijo. Revisó en la guantera y encontró un paquete de galletas dulces que tragó casi sin masticar, todavía inmersa en la cantidad de pensamientos negativos que la envolvían como una gran nube negra de mosquitos. Luego tomó un sorbo de agua sin gas de una botellita casi vacía que recogió del suelo y arrancó la vuelta a su hogar, dulce hogar.

Capítulo 3

—¿Porqué dejaste que pensara que tú tomabas la decisión? —vociferó James Carter al teléfono. Ese no era el acuerdo. ¿Debo recordarte que solo eres un empleado de la compañía?

—Disculpe, Carter, no lo hice con mala intención, pero la conozco más que nadie y al ver su rostro al entrar en la sala de juntas, noté que si no cambiaba de plan, nunca aceptaría nuestra propuesta. No quería correr el riesgo.

—Estoy seguro de que sabes muchas cosas de ella, pero yo tomo las decisiones, doctor Noble.

—Eso es verdad, le pido disculpas por mi descuido —admitió a regañadientes. Sabía por experiencia que contradecir a James Carter era lo peor que podía hacer si quería ganarse la confianza del magnate y continuar ascendiendo en su carrera. Trabajar para un hombre como él abría puertas doradas.

La comunicación llegó a su fin, y Martín encendió un cigarrillo en el *penthouse* de la empresa. Desde ahí podía ver toda la rambla y el puerto de Buceo donde descansaban yates y barcos pequeños. Se encontraba en una pequeña encrucijada: o trataba de reconquistar a Rebeca, tal como clamaba su corazón, o se resignaba a cumplir palabra por palabra con el acuerdo firmado días antes, acuerdo que nunca habría firmado de saber que ella sería la involucrada.

"Hola, pa, mañana voy por el fin de semana, si no tienen planes", dijo Rebeca a su padre.

Este contestó que no los tenían, así que al otro día, la muchacha viajó los casi doscientos kilómetros que la separaban de Punta del Este.

La casa de su infancia, donde habían vivido todos felices, quedaba en un pueblo alejado de donde vivían ahora su padre y hermanos. Poco tiempo después de la muerte de su madre, el dolor de su recuerdo y el perfume que había dejado impregnado en cada centímetro de la casa que entonces era un hogar, los incentivó a mudarse. Además era una casa demasiado grande. Esta nueva casa no tenía el estilo hogareño, pero sí era muy coqueta y quedaba cerca del mar. Era más pequeña y en la sala reposaba el piano que Jorge hacia años había dejado de tocar. Además, en la sala había una estufa a leña que se encontraba encendida cuando Rebeca tocó la puerta. Abrió su hermano pequeño, que el mes anterior había cumplido 18 años.

—Lamento no haber podido estar en ese día especial para ti. Espero que te pueda compensar prestándote el auto hoy. Un pajarito me contó que salvaste el examen de manejo—le dijo a un adolescente sonriente que con una mano sostenía la puerta y con la otra, el enorme regalo que su hermana le había traído de Madrid.

—Beca, al fin llegaste. Me tenías preocupado —dijo su padre al verla entrar. La besó y abrazó efusivamente y ordenó al otro hermano, que continuaba concentrado en un juego por celular, que levantara su trasero de la silla y ayudara con el equipaje.

—Hola, pa, ¿hasta cuándo me vas a seguir llamando así? Ya estoy grande.

—Es verdad. Ahora que eres famosa no puedo llamarte así —dijo riendo y codeando en el acto al adolescente que abría eufórico su regalo.

A pesar de haber fallecido hacía quince años, su madre seguía presente, en fotografías por todas las habitaciones, en muebles y objetos decorativos que ninguno de los hombres había tenido la intención de cambiar, y hasta en artículos de la cocina. Sintió una enorme nostalgia al ver la radio en la mesada. Recordaba el día que la habían comprado, cuando ella apenas tenía unos 10 años. Se trataba de una radio con porta CD. El primero que compró fue uno de Andrea Boccelli. Ese había sido el trato, su madre adoraba al cantante, y Rebeca sabía que pronto su padre y abuelos le regalarían todos los CD que ella pidiera. Abrió el porta CD y para su sorpresa ahí estaba el disco de su madre, mas no pudo escucharlo porque estaba averiado. Muy a su pesar, prendió la radio y sintonizó donde pasaran música alegre. Sin embargo, el sabor del recuerdo había quedado atragantado como el llanto, y cuando su padre se acercó con las verduras para cocinar la cena, vio que su hija no se encontraba del todo bien. Ella antes de que su padre hiciera lo que hacía siempre, un gran drama sobre expulsar lo que sentían para sentirse mejor, ella le indicó que se encontraba de maravilla, aunque ambos sabían que mentía, y le pidió que abriera una botella de vino, cosa que él no tardó en cumplir.

—Te ves bien, papá. Veo que adelgazaste —le dijo al verlo entrar a la cocina con las dos copas de vino.

—Estoy espléndido, ¿verdad? Es la dieta de la doctora Rossi, me tiene a ensaladas y cero alcohol. Pero creo que por hoy puedo saltearme la rutina. Un oporto del año 2014 no le puede hacer mal a nadie.

Rebeca sonrió y le dio un beso en la mejilla.

—Chin chin —dijo. Y él le acercó la copa. —¿Y cómo estás del corazón?

—Si te refieres al amor, estoy felizmente solo. Tengo tiempo para mí ahora que me pude jubilar, así que estoy haciendo el curso de huerta orgánica, que sinceramente es una pérdida de dinero, y además estoy en el club de bochas. El resto del tiempo leo, o camino por la playa.

—Me alegro. De todas maneras me refería a tu salud.

—Ajj —dijo quitándole importancia—, estoy tomando la medicación a diario, hago ejercicio, me alimento de forma saludable, acudo al cardiólogo cada pocos meses. Estoy bien. Chin chin.

Rebeca le acercó su copa, sonriente.

—Extraño a mamá —dijo luego de un momento de silencio—.Durante este tiempo he vivido cosas tan hermosas que me encantaría poder compartirlas con ella. Siempre supo que amaba escribir. Recuerdo cuando me inscribió en el concurso literario de niños. Tenía unos 8 años.

Sus ojos se llenaron de lágrimas al recordarlo. Le dio un sorbo al líquido color terracota de su copa, y se apartó de su padre que la miraba enternecido.

—No debes avergonzarte de llorar. Yo lo hago a menudo. Será porque ya estoy viejo y no me ando con rodeos—acotó con una gran sonrisa—. Pero te entiendo porque la he extrañado también. De todas formas, nos tienes a nosotros para compartir tus logros. Todos estamos orgullosos de ti. Lo sabes, ¿cierto?

Ella, que hasta el momento había intentado mantener su fortaleza, se acercó a él y se lanzó en un fuerte abrazo, largando en él todos los años de sentimientos no expresados y lágrimas secas.

Luego, su padre se colocó el delantal, uno de tiras muy cortas y con bordados celestes, y se dispuso a lavar los platos. Entonces Rebeca lloró. No se acostumbraba de ver a su padre haciendo tareas de ama de casa, no podía verlo de delantal. Extrañaba a su madre más que nunca, lo vio muy solo, pensó que estaba viejo como para cuidarse. Se estaba quedando calvo y la barba crecida ya estaba blanca, muy blanca.

El canto de la caldera la hizo volver a la realidad. Su padre ya había terminado y se encontraba asando la carne. Él la miró de reojo pero no dijo nada, se limitó a tararear alguna canción que ella no conocía. El olor dulzón de las cebollas caramelizadas de su padre le sacó una sonrisa. Lo abrazó por impulso pero él le dijo que se corriera que se iba a quemar. Ella volvió a llorar y retrocedió a servirse más oporto.

—¡A comer! —gritó Jorge. Se sintieron los pasos de los jóvenes bajar como torbellinos por la escalera. Se sentaron violentamente y comenzaron a deglutir sin ningún tipo de preámbulo. Rebeca volvió a llorar.

—¡Son unos inútiles! Egoístas, ¿no ven que papá está viejo y solo? ¿Acaso no pueden ayudar?

Los tres pares de ojos la observaron sin decir palabra. Jorge pensó en decirle que no sabía si sentirse ofendido o agradecido con sus palabras, así que optó por llenarse la boca de carne.

—¿Están demasiado dulces las cebollas? —preguntó.

Rebeca no había probado bocado, y una náusea repentina la hizo correr al cuarto de baño. Devolvió todo el vino y regresó a la mesa. Pidió disculpas por su comportamiento y se retiró a la habitación sin probar ni un trozo de carne.

Se acomodó en el cuarto del hermano más grande. La habitación tenía dos camas de una plaza, un escritorio con una computadora y un gran póster de *Metallica*. El resto era un reguero de ropa tirada. Su padre le alcanzó las sábanas y le dio el beso de las buenas noches. Su hermano esa noche saldría con sus amigos y no tenía hora de regreso.

"Hola, lindo, acá estoy pensando en ti", escribió y pulsó enviar. Sabía que por la diferencia horaria, probablemente le contestaría al otro día, así que se tumbó, lloró un poco más, y a los pocos minutos se quedó dormida.

Al despertar después de un profundo descanso y con el estómago haciendo grotescos ruidos por la falta de cena, vio que tenía un mensaje nuevo en su celular. "Me encantó verte, espero que podamos reunirnos la próxima semana para tomar un café. Martín". Rebeca quedó consternada mirando el aparato, sin poder dar crédito.

Había estado de novia con quien creyó era el amor de su vida, lo conocía desde su adolescencia y no había nada de ella que él no supiera. Sin embargo, a pesar de amarse con locura y desbordar de pasión por aquel galán robusto y de ojos oscuros, decidió poner fin a la relación, harta de su inmadurez y de algunas infidelidades. A pesar de que él prometía no volver a hacerlo, siempre terminaba por descubrir una nueva mentira. Ella no dudaba de su amor, pero llegó a un punto en que se dio cuenta de que no cabía un mejor futuro en esa relación, y que si algún día pensaba en la maternidad como opción, con él estaba descartada. Así, sin más, un día decidió decirle que no quería continuar su noviazgo. Recogió sus cosas de la casa de él, donde había tomado la costumbre de pasar la mayor parte de sus días, y le dijo adiós para siempre. Él quedó con el corazón roto, pero no insistió demasiado en volver con ella, y gracias a sus nuevas amigas olvidó por completo a la chica que lo había hechizado tiempo antes.

Rebeca siempre se quejaba de que era demasiado normal y sin gracia para él, que de alguna manera siempre se las ingeniaba para engañarla con supermodelos.

Aunque bella y con un hermoso cuerpo —un lomazo, decía Martín—, era insegura con su belleza. No se teñía el cabello, y por el contrario, lo usaba natural. Se trataba de un cabello lacio y largo hasta la cintura, de un color castaño claro. Un flequillo ocultaba su frente. Sus ojos color avellana iban acompañados de unas largas pestañas. Tenía la piel tan blanca que se había vuelto obsesiva con el protector solar, además de utilizar siempre sombrero y lentes para evitar los rayos solares. Además, tenía unas piernas largas muy dignas, "de modelo", le decía siempre su amiga Felicitas.

Ahora que Rebeca veía ese mensaje no podía dejar de pensar en que podía haber una trampa detrás y que se tendría que cuidar. De todas formas, podía caber la posibilidad de que él se hubiera vuelto a interesar en ella, pues en aquella reunión tuvieron un intenso cruce de miradas que mostraba la pasión que nunca habían dejado de sentir, a pesar de haber pasado ya más de cinco años. Sin embargo, ella se encontraba enamorada de Guillermo, o así lo creía, de modo que no pensaba perder el tiempo en viejos amores. Decidió no contestar el mensaje. Luego de vestirse se dirigió a la sala a desayunar, donde ya se encontraba su padre leyendo el diario.

Este, al verla, la saludó con efusividad y le indicó que en la mesada de la cocina había dejado una bolsa de rosquillas y café de máquina esperando por ella.

Capítulo 4

El descanso junto a su familia en su pueblo natal, y el contacto con la naturaleza, le habían repuesto las energías que había perdido luego de su frustrante reunión en *Clarks*. Su padre le había recomendado asesorarse con un abogado para evaluar qué tanto le convenía la propuesta. Tenía una semana más para decidir. Por eso, creía, su ex le había enviado ese mensaje de texto. Debería evitarlo a toda costa.

Al llegar a su apartamento, abrió las cortinas y regó las plantas. Luego hizo una videollamada con Guillermo. En Madrid hacía más de veinte grados de calor, así que el muchacho se presentó con una remera ajustada que resaltaba sus músculos y pectorales. Su aire descontracturado y su pelo desordenado era una de las cosas que más le gustaban de él. Era todo lo opuesto a Martín, que siempre andaba engominado y vestido de traje y corbata como cualquier abogado, lo que le sumaba por lo menos dos años de edad. Su acento de madrileño le atraía más que cualquier aspecto físico. Era tan contagiosa su forma de hablar, que al cabo de un rato ella comenzaba a imitarlo sin querer, cosa que a él le encantaba.

Guillermo tenía 32 años, un trabajo decente, y vivía en un pequeño piso compartido en Madrid. Aunque no quería compararlos, era imposible. Pero si algo tenían esos dos hombres en común es que habían despertado el amor en Rebeca.

Las campanadas de la iglesia del Cordón marcaron las dos. Ya era tiempo de ponerse a escribir; se había pasado tres días sin trabajar. Merecido descanso, pensó. Sin embargo, debía continuar con la segunda parte de su tan exitosa saga. Decidió prepararse un café antes de sentarse a escribir. Se vistió con un deportivo y pantuflas y ató su pelo en una cola de caballo. Mientras esperaba al lado de la cafetera, vio que tenía varios mensajes y correos electrónicos. Se sonrió al ver que algunos le enviaban felicitaciones y otros la invitaban a conocerse. Pensó que si no estuviera Guillermo en su vida, sería una excelente manera de conocer gente. ¡Admiradores! ¿Qué podría salir mal? Desechó la idea al instante.

Un mensaje llamó su atención. Otra vez *Nubecita,* pensó. Le exhibía un poema de su autoría en que hablaba del buen sexo que había tenido con su amante. A Rebeca le causó un poco de repulsión pues no hubo un aviso preliminar de lo que estaba por comenzar a leer, y porque no sabía por qué motivo continuaba enviándole poemas.

Hasta el momento habían sido románticos, ahora pasaban al segundo nivel. Se rio fuerte al verse en esa situación tan extraña. El mensaje finalizaba pidiéndole a Rebeca que por favor le diera una opinión porque se lo iba a enviar a su novio. Ella, sin analizarlo demasiado, le dijo que estaba bien y se dispuso a tomar su café, olvidando todo el asunto.

Luego de varios días de intensa escritura en la que casi no salió de su apartamento, el sonido del timbre llamó su atención. Durante esos días se las había pasado ordenando comida a diferentes lugares, por lo que pensó que se trataba del último pedido. ¡Qué rápido! Fue todo lo que pensó. Se le hizo la boca agua al pensar en el chivito canadiense que se había encargado. Sin pensar en que estaba vestida de manera muy hogareña, se dispuso a abrir la puerta, olvidando comprobar por la mirilla que no se tratara de alguien indeseado. Sabía que el portero del edificio no dejaría entrar a cualquiera.

—Hola, hermosa —fueron las palabras que salieron de los labios carnosos del abogado.

Rebeca, apoyada en el marco de la puerta, no podía reaccionar al inesperado encuentro. Algo que tenía claro era que él no debía pasar.

—Estoy por salir. No puedo hacerte pasar. Si me hubieras avisado con tiempo…

—Ay, Rebeca, siempre fuiste una pésima mentirosa. Seré breve, ¿me permites?—dijo apartándola de la puerta y entrando al apartamento.

—En serio no puedo permitirte que te quedes. Por favor, te pido encarecidamente que te vayas.

—Querida, vine a hacerte un regalo —dijo con una enorme sonrisa desde el sillón en el que ya se había instalado.

Rebeca, parada en el umbral y cruzada de brazos, le hizo un gesto para que continuara hablando.

—Te hicimos una oferta que no deberías rechazar. Eres muy joven, creo que no te has dado cuenta de lo afortunada que eres.

—¿Viniste a decirme lo afortunada que soy?

—Vine a recordarte que mañana se vence el plazo. Tenemos otras opciones además de tu libro, como te lo comentamos en la reunión. Sin embargo, estamos más interesados en tu proyecto y creo que lo que te ofrecimos a cambio…

—No necesito que me vengas a recordar nada —lo interrumpió Rebeca—, que estés en el medio de esta negociación entorpece todo y tiñe de negro mi decisión. Se piensan que soy tonta, pero pude notar que hay cláusulas leoninas en el contrato. Que no me hayan permitido llevarme una copia para analizarla en profundidad, hace que incline la balanza hacia la negación de la oferta. Eso, y otras cosas que no me cierran.

—Para ayudarte a evacuar las dudas es que me encuentro acá. Sé que eres desconfiada, pero no te hacía rechazando tantos miles de dólares.

—Miles de dólares que me pagarían en sesenta cuotas mensuales no me parece una fortuna, si con ello se van mis derechos sobre la obra.

—Cederías los derechos y por eso te pagaríamos ese monto. Nadie te conoce, es una hermosa manera de empezar.

—Ya he vendido muchísimos libros, o te tengo que recordar que el año pasado fui *bestseller* en…

—Si sí, yo sé que piensas que te ha ido muy bien con las ventas; sin embargo, tiene fecha de caducidad. Este es otro libro, que no fue *bestseller*. Diría que tuvo muy pocas ventas. Te estamos ofreciendo llevarlo al cine, algo que nunca habrías pensado hasta que nosotros te lo ofrecimos.

—No son los primeros —mintió Rebeca.

—Imagino que puede haber más empresas interesadas, pero nuestra compañía tiene acuerdos comerciales con las multinacionales más importantes, y además te recuerdo que hemos lanzado a la fama a varios escritores noveles gracias a nuestros contactos y a las películas basadas en sus libros.

—Seguramente su afán de ser famosos no les permitía ver con claridad en dónde se estaban metiendo.

—Bueno, debo decir que nos fuimos por las ramas y no te dije aún cuál es el regalo que venía a hacerte.

Rebeca continuaba parada en el mismo sitio, en su posición de defensa y tratando de contener los nervios. Toda esa situación la hacía sentir incómoda y desconfiada. Durante su estancia en la casa de su padre, había pensado en consultarle sobre su gran propuesta y la indecisión en la que se encontraba, pero luego renunció a su idea pues con su opinión se encontraría más confundida. Quería ser ella la única responsable de esa decisión que, fuera cual fuera, podría cambiar su vida. Así fue que su padre solo le recomendó llamar a su gran amigo de toda la vida que podría evacuar sus dudas.

El libro en el que estaban interesados era una novela de terror posapocalíptica en el que la humanidad debía aprender nuevas formas de vivir en sociedad. Había demorado más de cinco años en escribirla y la quería como a un hijo. Hasta el momento, pocas editoriales se habían interesado en ella, pero Rebeca intuía que tenía mucho para aportar a la sociedad y que podía ser explotada de diversas maneras, una de ellas a través de una película. Pero aunque la oferta era cuantiosa, era también consciente de que ellos ganarían varios miles de billones si tenía éxito.

En la primera reunión en la que se había retirado rechazando de plano la oferta, Carter le había ofrecido la suma de ciento veinte mil dólares pagaderos al año del lanzamiento de la película y en sesenta cuotas mensuales, lo cual a Rebeca le pareció un insulto. En poco tiempo habían aumentado la oferta, y habían eliminado lo referente a la fecha de lanzamiento de la película, por tanto, algo le decía que podía continuar con la pulseada. Sin embargo, Martín se había presentado como parte en la negociación. Se sentía confundida. La oferta parecía mejorar, ¿pero porqué un abogado había sido convocado para presenciar la reunión y para meterse en las tratativas? El hecho de que fuera su exnovio complicaba aún más las cosas.

—Mira, yo sé que dudas de mi presencia en este acuerdo —dijo adivinando sus pensamientos,—pero cualquier contrato de importancia tiene profesionales asesorando a ambas partes. Estamos hablando de muchos miles de dólares y ellos están apostando a una obra que no ha tenido ningún éxito notorio.

—Bla bla bla.

—Bueno, no te voy a seguir el juego infantil en el que siempre caes. Traje un *champagne* cosecha dorada de mil quinientos pesos que compré en el *freeshop* del aeropuerto para brindar por nuestro reencuentro.

—No me interesa cuánto te salió. Tampoco me interesa nada que venga de tu persona. Por favor, te pido que te retires —dijo molesta y empujando al muchacho, que no lograba entender cómo Rebeca no estaba saltando de felicidad.

—Pero Rebe, tenemos que festejar por los millones que vamos a ganar.

—Los millones me imagino que los ganarás tú si me engatusas con esa bebida. Ya te dije que no soy una chiquilina. Ya estamos grandes para estas pavadas. Te pido cortésmente que no vuelvas a molestarme —dijo empujándolo hacia afuera del apartamento. Luego cerró la puerta con un estruendo que hizo temblar los vidrios del living.

Capítulo 5

No había pegado un ojo en toda la noche. Sabía que ese día debía dar una respuesta pero algo en su interior le decía que no era el momento. Se levantó de la cama bufando. Preparó el desayuno y decidió hacer la llamada.

Se comunicó con la empresa y luego de varios minutos de espera, al fin pudo comunicarse con la secretaria de Carter e informarle que aún no había tomado una decisión, y le solicitó una prórroga. Esta consultó con alguien y le dijo que la esperarían hasta el final de la semana. Después de todo, queremos ser tus socios, le dijo la mujer al teléfono. Rebeca sabía lo poco profesional y aniñada que se mostraba al hacer un pedido como ese, pero realmente no quería tomar una decisión apresurada. A ella nunca le había interesado el dinero. El asunto no era ese, sino que debería entregar a su pequeño y amado retoño a una compañía que seguro no le daría el amor que le había dado ella durante tantos años, aun sabiendo que era un sinsentido y que debía madurar. Por otro lado, ver a su hijo en la pantalla grande la llenaría de orgullo.

Al chequear los mensajes descubrió varias fotos de Guillermo sonriéndole desde la playa. Lo extrañó y deseó estar con él. Fuera del apartamento, la lluvia golpeaba el cristal. Ese día se dedicaría a escribir.

Capítulo 6

Al otro día se levantó temprano, preparó café con leche y lo introdujo en un vaso térmico. Luego caminó hacia la plaza más cercana y se sentó en uno de los bancos vacíos. El sol apenas calentaba pero no sintió frío. La ciudad ya se encontraba en movimiento aunque no eran aún las ocho de la mañana. Había sido otra noche de desvelo. Se encontraba molesta consigo misma por no poder pensar en otra cosa, ni siquiera escribir le impedía pensar en ese contrato. Sentía el olor feo de un trato sucio. Se rio al imaginarse a Carter siendo rechazado nuevamente. No debía ser el tipo de hombres que aceptan un "no" por respuesta, y esta muchacha malagradecida había tenido el tupé de rechazarle en la cara una oferta tan tentadora, pensó con una sonrisa de oreja a oreja. Volvió a reírse. Patrañas, pensó, es un gordo corrupto, y bebió un sorbo de café.

—Hola, discúlpame —le llamó la atención una muchacha. Era realmente hermosa, con su cabello oscuro cayendo sobre sus hombros, de una belleza exquisita. Pertenecía a aquel grupo de mujeres que dejan de boca abierta tanto a hombres como a mujeres.

—Hola, ¿sí? —titubeó Rebeca, que no salía de su ensoñación.

—Eres la escritora ¿verdad? De *No llores que…*

—*…te escucha el lobo feroz* —terminó Rebeca satisfecha. —La misma. ¿Te gustó la novela?

—Me encantó —dijo sentándose al lado y tomándola del brazo. Rebeca dio un respingo por la sorpresa, pero por algún motivo desconocido, no hizo el menor movimiento como para quitar su mano de encima.

La chica hablaba de los personajes y de lo mucho que le había gustado una escena romántica en la que ella se iba corriendo bajo la lluvia. Rebeca sonrió. De alguna manera, los hermosos ojos verdes de la chica se le hacían conocidos, aunque no recordaba haber visto nunca una belleza semejante.

—¿Te conozco? —preguntó, interrumpiendo a la chica que no dejaba de hablar.

—No, claro que no, pero me encantaría —dijo riendo como niña y llevándose las manos a la boca. —Podríamos ser amigas. No soy escritora pero me gusta mucho escribir poemas. Podrías ser mi maestra, mejor aún, mi mentora.

A Rebeca le pareció un tanto exagerado su comentario y algo en su interior la indujo a creer que esa chica no estaba en sus cabales, por tanto le dijo que había sido un gusto conocerla y se despidió.

Caminó por la rambla y escribió algunas notas que luego utilizaría en su novela. A veces le parecía un trabajo innecesario andar cargando su libreta de notas, pero no podía despegarse de ella. Se había convertido en su amuleto de la suerte. Se trataba de una libreta violeta de tapa dura que llevaba encima hacía más de cuatro años. En su casa tenía guardadas dos libretas más de años anteriores.

La mañana se presentaba soleada y cálida; había mucha gente paseando en bicicleta, parejas caminando de la mano, personas jugando con sus perros o sus hijos en la orilla del Río de la Plata.

Al llegar a su edificio, el portero la llamó para entregarle un sobre. No había en él ningún dato que especificara el remitente. Le indicó que había sido entregado por un cadete. Presa de una intriga atroz, caminó lo más aprisa que pudo hacia el ascensor, donde abrió el sobre con una fiera agitación. Por su cabeza pasó la idea de que podía ser alguna carta de un fanático, como solían sucederle a los famosos de las películas.

Rebeca quedó boquiabierta con el contenido del sobre y por fin pudo olvidar por unas horas el tormento del contrato. Ahora había algo peor.

Capítulo 7

Jorge se desperezó, suspiró y escuchó el canto de un pájaro posado en la rama del ciprés al lado de la ventana de la habitación. Desde que había abandonado la costumbre de poner despertador para levantarse como un maniático a las siete de la mañana a hacer absolutamente nada, había por fin logrado conciliar el sueño de una manera mucho más profunda y reparadora. Ahora se despertaba de forma natural, a la hora que su cuerpo se lo indicara. De lo contrario, un ruido del exterior o la luz proveniente de la ventana lo hacía. Se levantó, volvió a suspirar de placer, contempló el hermoso día y chequeó su móvil. En él tenía quince llamadas de Rebeca y un mensaje que decía: Llámame urgente, papá, URGENTE.

—Hola Beca, ¿qué sucedió?

—¡Papá! ¡¿Qué has hecho?!

—¿De qué hablas? —preguntó el hombre, aun medio dormido.

—Tengo fotos, papá. Tuyas.

—Sí, yo también tengo. No entiendo —dijo el hombre, al tiempo que Rebeca se largaba a llorar al teléfono.

—Me llegaron fotos tuyas. Una en el jardín regando las plantas. Y otra —dijo llorando entrecortadamente—, otra en la cama.

—¿De qué hablas? ¡Cómo!

—No entiendo nada ¿Quién querría mostrarme esto? ¿Es parte de algún juego? No lo entiendo, papá.

—Pero…¿estoy sin ropa?

—¡Sí! ¿Quieres que te haga un esquema? ¡Alguien está jugando conmigo! Esto es morboso.

—¿Pero se me ve…?

—No seas grosero, no se te ve nada —lo tranquilizó Rebeca, mirando de nuevo la foto que tenía entre sus manos, donde se mostraba a un sonriente Jorge, desnudo, encadenado al respaldo de la cama —una que no era la suya, bien lo sabía Rebeca—, con las piernas separadas. Su miembro estaba tapado sutilmente con un ramo de flores.

Luego de hablar un rato con su padre, a pesar de que este le quitó trascendencia al asunto, se obsesionó con la idea de que alguien la estaba amenazando de alguna manera, y que sería Martín sin duda, encomendado por Carter.

Su padre le dijo que era una idea radícula, que esa no era manera de convencer a nadie y que nada podía tener que ver con ellos, pero cuando a Rebeca se le metía algo en la cabeza, era muy obstinada. Ese mismo día se dirigió a *Clarks* y le dijo a la atónita secretaria que podían irse al demonio, que ella no pensaba aceptar la insultante oferta que le habían ofrecido y que bien podían ir terminando con su hostigamiento y sus absurdas ideas de convencerla. La secretaria, una veterana que estaba acostumbrada a ver todo tipo de escenas en sus más de veinte años de trabajo en la empresa, le agradeció por el aviso, y luego de invitarla con un vaso de agua, la acompañó hasta el ascensor y la despidió con la mano y una enorme sonrisa fingida.

Al salir del edificio, llamó a Guillermo para descargar su frustración. Lloró al teléfono y deseó poder viajar a verlo. Se sentía sola. Luego de cortar, llamó a Samanta y le pidió para ir esa noche por un trago al lugar de siempre.

Esta vez, Rebeca llegó antes y se pidió una cerveza mientras intercambiaba algunas palabras con Rober.

Cuando llegó su amiga, le dio un fuerte abrazo y comenzó a hablarle de todos sus asuntos amorosos. La última novedad es que había ido al casamiento de la hermana de Camilo, pero este se había presentado solo. Por tal motivo, luego de unas copas, terminaron teniendo sexo desenfrenado en el auto. Rebeca se molestó al principio por no poder desahogarse, pero luego las desordenadas palabras de su amiga, que se amontonaban unas detrás de otra sin lugar a respiro, dieron el espacio para que Rebeca se olvidara por un tiempo de los asuntos que la tenían angustiada.

Al llegar a su casa, sólo pensó en cuánto extrañaba a Guillermo. Recordó cuando lo conoció y se sonrió al pensar que un hombre de su talla se había fijado en ella. Sí, para Rebeca, un hombre como él sería inalcanzable, pero desconocía que en cuestiones del amor el universo juega un papel importante, y seguramente su encuentro estaba predestinado. Con ese pensamiento, apagó la luz y se fue a dormir.

Capítulo 8

El fin de semana Samanta invitó a Rebeca a su casa de campo, donde vivían hacía unos meses los padres de la primera. Le pareció una buena idea, sobre todo para despejar su mente y reencontrarse con la naturaleza. El viernes después de que Samanta saliera de trabajar, pasó a buscar a su amiga y emprendieron el viaje.

Las recibió Sofía, la madre de Samanta, que en personalidad era todo lo contrario a su hija. Era una mujer amable y tranquila, que les dio la bienvenida y las ayudó a descargar el equipaje. A los pocos minutos, el padre apareció montando un caballo blanco. Con el reflejo del atardecer sobre su rostro, Rebeca lo percibió más atractivo que la última vez. Sin duda vivir entre la naturaleza le había sentado bien. Era un hombre que no llegaba a los sesenta, alto y tonificado a pesar de la edad. Tenía el pelo plateado peinado con raya al costado y un bigote y barba bien arreglados. Se bajó de su corcel con un aire galante, siempre sonriendo. Abrazó a su hija con gran entusiasmo y luego se dirigió a Rebeca, le tomó la mano y le dio un suave beso.

—Qué gusto verte —dijo a la atónita muchacha. Acto seguido besó a su mujer en los labios, volvió a subir a su caballo y desapareció, ante la vista de las tres mujeres que lo miraban con profunda admiración.

Sofía enseguida las invitó a pasar a la casa, mientras indicaba a una empleada que se acercara a ayudar con las maletas.

—Estoy tan contenta de que hayan podido hacerse un tiempo para venir, yo sé lo ocupada que están siempre con su trabajo y sus cosas, y más tú Rebe que ahora debes tener mucho más trabajo que antes. ¡Ay!, qué honor que tenemos de poder recibir a una estrella…

—Gracias, eres muy considerada pero no exageres, soy la misma de siempre —dijo la muchacha, sonriente aunque un tanto incómoda.

—No, querida, no es una exageración. Aunque ya te pido disculpas de antemano porque no he leído nada de lo que escribes, aunque estoy segura de que tienes una pluma sublime, me lo ha dicho Chichita que te adora. ¡Ay! No sabes las ganas que tenía de verte, una lástima que no pudo hacerse el tiempo para venir.

—Qué lástima, ya habrá oportunidad —dijo sintiendo un gran alivio. La amiga de Sofía era de las personas que se debían evitar a toda costa. Ni Rebeca ni Samanta habían entendido nunca esa amistad. La mujer siempre se mostraba altiva, envidiosa y negativa, y manipulaba a la sumisa de Sofía a su antojo, cosa que a Sam le causaba un total repudio. A pesar de habérselo mencionado a su madre un sinfín de veces, esta parecía no darse por aludida. Siempre le hacía un gesto con la mano, quitándole importancia a todas las habladurías de su hija.

La estufa a leña se encontraba encendida, cosa que a Rebeca se le antojó deliciosa. Los muebles eran originales ingleses, heredados de generación en generación, aunque ahora se mezclaban con algunos muebles importados de China, de mimbre o de cuero artesanal. Las lámparas eran también importadas, al igual que las estatuillas de decoración. Una gran puerta de cristal dividía la cocina de la sala donde se encontraba la estufa a leña y el comedor donde se había dispuesto una mesa rectangular con seis sillas. En toda la casa se notaba el toque femenino, pero la calidez del hogar la brindaba la estufa a leña que siempre se mantenía encendida.

Rebeca no se despegó de su lado en toda su estancia en el lugar. Al otro día, mientras todos hacían lo suyo fuera de la casa, la muchacha se mantuvo escribiendo en su *laptop* junto a la estufa. De alguna manera la hacía concentrarse. Y los demás, con tal de no molestar e interferir en la inspiración de la muchacha, se mantuvieron en actividades al aire libre.

El sábado recibió varios mensajes de Guillermo y de su padre, y de algunos de los seguidores más destacados de sus redes sociales. Gente que a diario le escribía felicitándola o pidiéndole consejos, en general relacionados con la literatura. *Nubecita* otra vez le había enviado un poema para que Rebeca le diera su opinión. A decir verdad, al principio le parecían halagadores los mensajes de la chica, mas luego de tantos ya se encontraba hastiada. Esta era la segunda vez que no le contestaba, pensó que la muchacha debería entender de una buena vez que no le interesaban sus poemas y que de forma muy sutil le estaba pidiendo que no la molestara más. Había también algunos de Martín que prefirió ignorar. Esos días eran para descansar.

Sin embargo, él no se caracterizaba por ser una persona que se rindiera fácil, por tanto llamó a la muchacha en varias oportunidades. Esta, como se encontraba escribiendo, no se inmutó.

El tiempo que compartió con la familia de Samanta, fue agradable, basado en charlas triviales, siempre disfrutando de diferentes variedades de té de hierbas, algunos importados y otros recogidos de sus propias praderas: carqueja, manzanilla, cedrón y menta. En las comidas, Sofía preparaba unas deliciosas ensaladas con rúcula, kale, lechuga, albahaca y tomates de la huerta.

El sábado, luego de que todos se hubieran ido a dormir, Rebeca se quedó al lado de la estufa escribiendo en su *laptop*. Estaba concentradísima en una escena en la que se producía el descubrimiento y desenlace fatal de su novela, un punto súper importante en el que tenía que estar concentrada.

¡Rebe! —sintió que la llamaban.

Aguzó el oído y esperó. No parecía la voz de Sam, ni de sus padres.

¡Rebe!

La muchacha se paró de golpe. Había escuchado bien, alguien la estaba llamando. Miró hacia afuera de la casa por la única ventana que tenía las cortinas corridas. Con la luz del porche apenas se veía a un metro de distancia de donde se encontraba. Luego había oscuridad total. Automáticamente cerró las cortinas. Sintió que su corazón latía con fuerza y se castigó por ser tan asustadiza.

Seguro era su imaginación, nadie la podía estar llamando y menos a esa hora de la noche. ¿Y quién? Además, nadie sabía que se encontraba en ese lugar. Pero bien podía ser alguien hostigándola. Podía ser el mismo de las fotos, conjeturó muerta de miedo. Decidida a ir a buscar a Sam, pasó por la cocina donde comprobó que la puerta de vidrio se encontraba cerrada, para que el gato Peter no anduviera por toda la casa. El animal tenía una pequeña rendija en la ventana de la cocina por donde podía entrar a comer y salir cuando quisiera.

"Rebe", sintió que de nuevo decía la voz. La oyó más cercana y pegó un respingo al ver movimiento en la sala. Decidió encender todas las luces. Había alguien dentro de la casa, de eso no había duda. Con un susto de película vio cómo las luces se encendían y sus ojos eufóricos buscaron con apuro el objeto de su malestar. Lo encontró encima de la biblioteca, junto a unos adornos. Era verde como cualquier loro. Rebeca se echó a reír, entre nervios y por sentirse una completa estúpida. El loro caminó unos pasos por el techo de la biblioteca, emprendió un corto vuelo hacia el sillón y volvió a decir "Rebe", "Rebe", "come la papa", "come la papa" y comenzó a hacer unos sonidos imitando la risa nerviosa de la muchacha. Enseguida Sam se unió a ellos muerta de risa y abrazó a su amiga. Le dijo que había estado todo el día enseñándole al viejo loro que aprendiera esas palabras para poder gastarle esa broma, pero que había valido la pena. Se dieron un beso y se fueron a dormir. Se le habían ido todas las ganas de seguir escribiendo, continuaría al otro día.

Capítulo 9

Martín se encontraba jugando al tenis. Iban empatados, aunque Fabián jugaba mucho mejor, cosa que Martín nunca reconocería. Concentrado en el juego, no escuchó que Carter lo llamaba por tercera vez. Esta última dejó un mensaje en el correo de voz: *Sea lo que sea que estés haciendo, déjalo y llámame. Tenemos que encontrarnos urgente. Tu noviecita es una loca.*

Rebeca salió del ascensor cinchando la valija a la que se le había roto una ruedita. Al salir del ascensor, Martín la esperaba apoyado en la puerta, con los brazos cruzados y cara de pocos amigos.

—¿Cómo te da la cara para venir hasta acá? —preguntó Rebeca corriéndolo para abrir la puerta.

—Tenía que escucharte en persona, la explicación, porque seguro tiene que haber una—dijo sin dejar su postura de enfado.

—¿Y bien? ¿Vas a pasar o te vas a quedar ahí parado como estatua?

El joven entró pero se quedó al lado de la puerta en la misma posición. Rebeca entró su valija y cerró la puerta.

—Sabes que no tengo que darte ninguna explicación, ¿verdad?

—Gracias a mí, *Clarks* mejoró la oferta. Lo mínimo que merecía era un aviso de tu parte.

—Ustedes me hostigaron, quisieron hacer una jugada sucia. No sé aún qué querían lograr con esas fotos, pero pasó todos los límites.

—No sé de qué fotos estás hablando, pero evidentemente seguís siendo la misma niña insegura de siempre. Tuviste cerca de medio millón en tus narices y lo rechazaste por estúpida —dijo llevándose las manos a la cara y caminando por la habitación —, eso eres, ¡estúpida!

—Primero que nada no me insultes. Eres un maleducado en todos los sentidos. Te presentas un día a intentar persuadirme y ahora vienes a retarme como si fuera una niña. ¿Y encima me insultas? ¿Quién te crees que eres? —gritó furiosa.

—He quedado como un idiota por tu culpa. Aposté por ti…

—Yo no te pedí que hicieras nada —lo interrumpió—, pensé por un minuto, solo por un minuto, que quizás debía escucharte, que quizás tenías razón, por más que todo olía feo desde el principio, pero luego me mandas esas fotos…

—¡No te mandé ningunas fotos!

—¡Aborrecibles! Eran aborrecibles.

—¿Acaso además de tonta eres sorda? ¿No escuchas que no te mandé nada?

—¿Y quién lo hizo entonces?

Martín la miró perplejo. —¡Y yo qué sé! ¿Fotos de qué?

Rebeca dudó un poco, pero luego accedió a mostrárselas. Martín comenzó a reír como un lunático.

—Realmente eres una tonta. Te mereces ser pobre toda tu vida. ¿Rechazaste medio millón por esto? ¿Me dejaste como un idiota frente a Carter por esto?

La cara le había quedado roja de la bronca e impotencia. Lanzó las fotos al aire y se fue dando un portazo.

Luego de recoger las fotos del piso y meditar un poco, Rebeca decidió llamar a su padre.

—Papá, ¿acaso tienes una amante?

—¿De qué hablas?

Le describió la foto en la que se encontraba amarrado de la cama y le dijo su hipótesis de que se la había tomado otra persona, distinta a su madre. Porque además del asunto de que se trataba de otra cama, se lo veía más viejo. Feliz y en buen estado, pero más viejo, de todos modos. Por tanto, debía tratarse de una foto tomada recientemente, ¿y quién tomaría la foto si no fuera una amante? Sólo de pensar en ese detalle sintió repulsión. Que su padre pudiera estar sexualmente activo nunca antes había pasado por su mente.

Su padre negó que se tratara de otra mujer que no fuera su madre y le dijo que no recordaba de ninguna manera haberse tomando una foto igual, y sugirió que probablemente se trataba de una foto retocada de otro hombre en la que sólo habían colocado su rostro. Que seguro se trataba de alguien que quería molestarla y confundirla. Rebeca tomó la teoría de su padre como verdadera y dio por terminado el asunto. Alguien había querido hacerle un chiste. Después de todo ella ahora era famosa. No famosa como los ricos de Hollywood, se dijo, pero sí de notoria presencia en su país, y ese tipo de cosas podrían considerarse normales.

Esa noche volvió a quedarse despierta, escribiendo y bebiendo mucho café. De todas maneras no podría conciliar el sueño. ¿Realmente había perdido la oportunidad de su vida? Llamó a Guillermo en varias ocasiones para contarle sus dudas y que le diera apoyo moral, pero este no había respondido a sus llamados. Al principio lo adjudicó a la diferencia horaria, pero ya hacía más de veinte horas que no tenía noticias. O le había sucedido algo o la estaba ignorando. Se molestó consigo misma por haber insistido tanto con sus dudas durante tantos días. Él no podía hacer nada, y estar siempre escuchando quejas podría cansar a cualquiera.

Pasadas las dos de la madrugada sustituyó el café por el Martini, la única bebida alcohólica que tenía a mano. Luego, bajo los efectos del alcohol, llamó a Martín. Este se encontraba durmiendo, por lo cual no sintió la llamada. Al rato, la muchacha terminó dormida sobre el sofá del living.

A las siete de la mañana, una rendija de la ventana la forzó a trasladarse a su cama, donde dormitó un poco más. Nunca vio que Martín le había devuelto el llamado. Preocupado por la hora en que lo había llamado, antes de ir al trabajo, decidió ir por lo de Rebeca a ver qué le sucedía.

Cuando tocaron el timbre la primera vez no lo sintió, con la segunda se despertó y con la tercera recién se dirigió a abrir.

—Hola. ¿Qué haces acá?

—No tienes pinta de que te haya sucedido algo malo.

—No —dijo bostezando—, ¿quieres pasar?

—No, sigo enojado contigo. ¿Por qué me llamaste?

—No lo sé, creo que necesitaba desahogarme. Sospecho que mi padre tiene una amante —dijo aún bostezando y dirigiéndose a la cocina a prepararse un café con leche.

Martín, que se había quedado en la puerta y ya no la veía, comprobó su reloj y vio que todavía tenía tiempo para llegar al trabajo sin ser visto por Carter. Hacía dos días que lo estaba evitando desde la última vez que se habían visto; luego de su partido de tenis había tenido que reunirse con él, donde lo único que hizo fue culparlo por las decisiones de Rebeca. Le dijo que lo ponía en campaña para conseguir un libro igual de bueno o mejor, pero que necesitaban hacer esa estúpida película, que ya no podía perder a los inversores. La película se haría con o sin Rebeca, y él lo ayudaría o seria desvinculado del asunto, lo que significaría un retroceso en su carrera.

Al entrar al apartamento, advirtió sin querer que Rebeca se estaba quitando el pijama.. Desde donde se encontraba, podía ver a través de una pequeña rendija que había quedado en la puerta entornada cómo la joven con las piernas descubiertas y de espaldas a la puerta elegía en su ropero la muda de ropa que se pondría. Por un momento pensó que podría estar haciendo aquello a propósito.

Tenía colocada una tanga blanca diminuta que dejaba al descubierto toda la piel que él había disfrutado en el pasado. Se sintió excitado y a la vez confundido por no saber qué hacer en esa situación y con esas emociones aflorando.

Si quisiera tener algo con él, seguramente habría dejado la puerta abierta de par en par, o lo habría invitado sin más. Pero no había mencionado absolutamente nada. Por el contrario, hacía días que se mostraba a la defensiva y daba la impresión de que lo aborrecía. Aunque la llamada de la madrugada lo había desconcertado. Era imposible no recordar sus momentos juntos, cuánto la había amado y el dolor que le había producido su abandono. Reconoció que había estado mal pero ya era tarde, y era algo que nunca se perdonaría. Gracias a que cada uno había seguido su camino y habían perdido contacto, él había logrado quitarla de su corazón, pero ahora la vida volvía a unirlos. Quizás no de la mejor manera, pero podría tratarse de una segunda oportunidad.

En eso estaba pensando cuando la muchacha salió de la habitación, vestida con un conjunto de pantalón negro y chaqueta, y una camisa blanca con volados. Había dejado los tres primeros botones sin prender, lo que dejaba al descubierto sus crujientes y redondos senos. A Martín se le hizo agua la boca. Eso sí lo hizo a propósito, se dijo riendo por dentro.

—En un rato tengo una reunión —le dijo Rebeca. Le lanzó una mirada pícara al descubrir que él la había estado observando. Cuando salió de su ensoñación se sintió un completo idiota por haber sido descubierto.

—Ajá, sí, claro.

—¿Quieres desayunar? Tengo tostadas y jugo de naranja natural.

—No, tengo que irme. Disculpa, chau—dijo escabulléndose con el rostro enrojecido por la vergüenza.

La reunión había sido exitosa. Se trataba de una editorial que quería sacar a la venta mil ejemplares de su primera novela, *El ático*. Ya había trabajado con ellos antes, por lo que no hubo más que acordar algunos detalles para dejar a ambas partes satisfechas.

Al llegar cerca de su casa, un poco abrumada con el pensamiento recurrente de Martín en su cabeza, decidió sentarse en un banco de la plaza. Desde la mañana que no dejaba de pensar en él. Anotó algunas frases en su bloc de notas y lo guardó en la mochila.

La plaza estaba rodeada de palomas que enseguida se acercaron y revolotearon, desperdigando sus plumas y sus manchas verdes, porque aquello eran unas manchas horribles, que ensuciaban todo a su alrededor. Más allá, un espacio dedicado al esparcimiento de los niños se encontraba vacío. Hacía frío ese día. Notó que se le congelaba la nariz e involuntariamente se llevó las manos a la boca para soplarlas y darles calor.

En un banco cercano, un hombre que se había encontrado bebiendo vino, acababa de marcharse dejando la caja apoyada en el banco. Aborreció el hecho pues la ciudad se encontraba llena de basura por personas como aquella que no se tomaban el trabajo de tirar sus desperdicios en el contenedor. Rezongó en voz alta y se marchó.

Al emprender la caminata decidió telefonear a Martín:

—Necesito que convenzas a Carter de que me haga una contraoferta. Lo admito, actué de manera poco profesional. ¿Qué puedo hacer para arreglarlo?

—Estoy ocupado ahora, déjame ver qué puedo hacer.

Martín colgó el teléfono lo más aprisa que pudo, no quería volver a hablar con ella, veía que estaban emergiendo viejos sentimientos y quería evitarlo a toda costa. Le gustaría ayudarla, pese a todo, pero sabía que sería muy difícil que fuera tomada en cuenta.

Luego de que Martín le cortara el teléfono y le dejara mal sabor de boca, llamó a Guillermo. Este se encontraba saliendo de la ducha y le contestó que la llamaba en unos minutos, cosa que no hizo.

Esa noche Rebeca cocinó unos tallarines con salsa de tomate y se acostó temprano. Se sentía confundida con las nuevas emociones. No quería ni pensar en Martín, por el contrario hizo fuerza por recordar al español, pero con el paso del tiempo aquella intensidad de pasión y amor desenfrenado que sentía por él se estaba esfumando. Ya habían pasado tres meses de su vuelta de Madrid, el tiempo había volado. Había sido un tiempo de muchos nervios, dedicado a profundizar su vida profesional, pero la vida le había traído algo inesperado del pasado.

Bien sabía ella que la relación con Guillermo se estaba enfriando, pero tenía pactado por contrato que tendría que volver para algunos compromisos relacionados con ruedas de prensa programadas y firma de libros. Sin embargo, hacía unos días que le había llegado un correo electrónico postergando esos compromisos para fines de año por recorte de presupuesto. Rebeca no logró entender del todo a qué se referían con esa observación y Guillermo hacía días que la evadía. "Por favor, llámame antes de entrar a trabajar. Te quiero", escribió y sin saber que más agregar, pulsó enviar.

Al otro día, se levantó como un resorte a las siete de la mañana, se vistió ropa deportiva y salió a correr por la rambla. El clima era fresco a esa hora y el cielo se mostraba encapotado. Para cuando llegó a la rambla ya se había largado a llover. Primero fue una garúa, unas gotas bien finitas que luego se intensificaron en tamaño y fuerza. No era de las personas a las que les gusta correr con lluvia y mucho menos con aquella intensidad, pero necesitaba hacerlo si quería tener un día productivo. El ser una trabajadora independiente la obligaba a ser más organizada y a la vez más responsable con el cumplimiento de sus objetivos. No podía darse el lujo de esperar a la inspiración para escribir pues de sus libros dependían sus ingresos, y aunque había tenido un golpe de suerte con el último libro, no quería convertirse en una perezosa conformista.

El resto de la semana se la pasó de reunión en reunión, haciendo llamadas telefónicas a diferentes editoriales y librerías para ofrecer algunos libros que aún no había logrado que vieran la luz. Se enfocó en las redes sociales y en hacer publicaciones que promocionaran sus obras ya publicadas. Tenía algunos libros autopublicados que dependían de ella para ser vendidos, y eso había sido más estresante de lo imaginado. Su sueño era escribir, pero además debía dedicarse a promocionar y a vender sus ejemplares, lo cual no era tarea sencilla.

Se entretuvo con las miles de respuestas que ocasionaron un posteo que decía: ¿Qué harías si te encuentras de frente con el amor de tu vida que nunca olvidaste? Mientras bebía Martini, leía las confesiones amorosas de adolescentes que aún esperaban el mensaje de su amor idílico.

Pasadas unas horas del posteo, recibió un mensaje de Sam: ¿Eres tonta o te haces? ¿Le estás declarando tu amor al idiota de Martín?

Recién en ese momento cayó en la cuenta de que esa publicación tan espontánea que había realizado al volver de correr, podía ser vista por todo el mundo y malinterpretada. Por ese motivo decidió eliminarla. Pero ya era tarde. En los tiempos modernos, no hay lugar a equivocaciones.

Durante varios días no tuvo noticias de Martín. Pero sí habló con Guillermo, quien le dijo que la editorial había sufrido una gran crisis económica y que había despedido a algunos funcionarios. Si bien él había sido uno de los afortunados que no habían perdido el trabajo, admitió encontrarse un poco estresado con todo el trabajo para hacer y por la angustia de ver a gran parte de sus amigos desempleados. Le pidió perdón por su ausencia, pero aunque la quería, sentía que la relación no estaba yendo a ningún lado, y la volvía a invitar a vivir con él. Si su respuesta era negativa, entonces no tenía más opción que despedirse en muy buenos términos y continuar relacionados únicamente por trabajo. Aquel planteo a la muchacha le cayó como un baldazo de agua fría; aunque hacía tiempo que tenía pistas del desinterés de Guillermo, nunca se imaginó que sería todo lo contrario, que en realidad él la quería viviendo bajo el mismo techo. Irse a vivir a España no era su prioridad en el momento, y si él no podía esperarla, pues que se fuera al diablo. Y esas fueron las últimas palabras que le dijo antes de cortar la comunicación y lanzar el celular por los aires.

—Hola, Sam, necesito ir por unos tragos. Ojalá puedas ir —le dijo por mensaje de texto a su amiga, una vez que se le calmaron los nervios y recogió el celular de atrás del sillón donde había caído. Por su arrebato, había quedado con la pantalla astillada.

Eran pasadas las seis de la tarde, Sam recién estaba cerrando su consultorio. Despidió a su última paciente, se quitó el delantal y envolvió su cuerpo con un vestido largo hasta los pies y botas tejanas. Se peinó y pintó sus labios, luego salió a encontrarse con Rebeca en el lugar de siempre.

Cuando Rebeca llegó al bar, se sentó a la barra y pidió una cerveza rubia. A los pocos minutos, una mano le tocó el hombro. Pensando que se trataba de su amiga, se dio la vuelta efusivamente para saludarla, pero su semblante se ensombreció al ver que se trataba de la muchacha de la plaza.

—Hola, Rebeca, ¿te acuerdas de mí? ¿Cómo estás?—le dijo dándole un beso en la mejilla. Rebeca, absorta, bebió un trago de cerveza y le contestó:

—Qué casualidad verte por acá. ¿Cómo has estado?

—Muy bien, qué suerte que lo preguntas. No he dejado de pensar en nuestro encuentro, me siento muy afortunada de haberte conocido —dijo con la sonrisa de oreja a oreja y sentándose a su lado.

—¿Siempre vienes por acá? —preguntó a Rebeca, que había cruzado miradas con el cantinero pidiendo ayuda.

—Rebeca, te están esperando en la sala vip. Sígueme por favor.

La escritora se disculpó con la chica, que continuaba mirándola embelesada, y se esfumó.

—Gracias, no sé quién es esa chica pero no me cierra, es como muy rara —dijo a Rober.

—Es realmente preciosa, pero te ama —dijo riendo a carcajadas—, una verdadera lástima, me la quedaría pero creo que prefiere a las mujeres.

—No digas pavadas. Ama mis libros, supongo.

—Si tú dices. Quédate por acá hasta que venga Sam, me vuelvo a trabajar.

Rebeca lo despidió y se quedó sentada en un rincón, a oscuras esperando a su amiga. Pensó que quizás esa actitud que estaba teniendo con una lectora era aborrecible, pues a gente como ella le debía su buen pasar económico y el poder vivir de lo que tanto amaba. Se sintió una inmadura y desagradecida, así que decidió volver a hablar con la muchacha, pero para cuando llegó, esta ya se había marchado. A los pocos minutos llegó Sam, eufórica como de costumbre, lanzando besos al aire y risas que llamaron la atención de los demás clientes.

Al otro día, a las diez de la mañana decidió levantarse, ducharse y prepararse el desayuno. Le dolía la cabeza y el estómago, pero no podía esperar otra cosa después de todo lo que había bebido la noche anterior. Ya no tenía edad para beber tanto, y se prometió que la próxima se cuidaría un poco más. Mientras pensaba en eso, se comía una tostada con mermelada dietética de frutilla, desabrida, que le había regalado su amiga Felicitas la semana anterior, porque en textuales palabras: la había encontrado un poco pasada de kilos. En el momento se molestó con su amiga, pero no era la primera vez que hacía comentarios por el estilo. Era una rubia alta, de piernas muy largas, que para los veintitantos años había decidido instalar una agencia de modelos.

Se rio en silencio al untar mermelada en la tercera tostada y pensó que el hecho de comer harinas aunque fuera con mermeladas dietéticas no iba a hacer la diferencia. Su amiga ya había hablado hasta el cansancio de cómo debía alimentarse, con dieta balanceada, muchas verduras y frutas, y sobre todo, mucha agua. Nada de harinas, le había aconsejado las primeras veces. Sin embargo, Rebeca era de las que amaban las pastas, y nunca podría saltearse un desayuno con tostadas. Respecto al agua, a fuerza de insistencia de Felicitas, había tomado la costumbre de llevar siempre en la cartera o en el auto una botella con agua.

Lamentó que estuviera distanciada de Sam, hacían el trío perfecto. Se conocían desde hacía más de diez años y se adoraban. Habían estudiado juntas hasta que las carreras de cada una las había distanciado, pero no tanto como para dejar de verse. Así fue que arreglando sus horarios, siempre se hacían tiempo para encontrarse por lo menos una vez al mes. Sin embargo, así como era con ella, Felicitas era insistente con Sam, y esta no era de las personas que toleraran órdenes y dejara que metieran sus narices donde no debían. Un buen día le dijo que se podía ir al infierno y que le deseaba que se convirtiera en todo lo contrario a lo que pregonaba. Con esas palabras tan horribles, Felicitas le declaró la guerra, y desde ese día, Rebeca se encontró en medio de una pelea sin sentido, que pensó al principio que duraría poco tiempo pero ya llevaba varios meses. Rebeca creía que ya ninguna recordaba el motivo de su pelea y que continuaban distanciadas por el solo hecho de no enfrentarse al incómodo momento de tener que hablar de sus asuntos pendientes. Mientras tanto, no tenía más remedio que verlas por separado. Sam era a quien llamaba cuando se sentía desmotivada o quería diversión y charlas alegres; a Felicitas la llamaba cuando tenía alguna reunión importante y necesitaba guía en cuanto a vestimenta y comportamiento en general, dudas sobre alimentación, e incluso para consejos de su vida. Una era apasionada y espontánea, la otra racional y minuciosa para todo lo que hacía en su vida. Las consideraba más que amigas, sus hermanas y su gran deseo era que volvieran a ser el trío que habían solido ser.

Luego de desayunar se acomodó en el sofá, donde comenzó a revisar sus mensajes de redes sociales. Cada vez eran más pero se tomaba el tiempo de contestar uno por uno. Algunas personas le devolvían la contestación y se encontraba luego charlando con desconocidos de cualquier parte del mundo. Esa era una de las cosas que más le gustaba de su carrera; sin embargo, siempre había gente extraña que la descolocaba.

"Otra vez *Nubecita*", pensó turbada. Ya dudaba de si entrar a ver los mensajes que le enviaba. "*Hola, Rebeca, espero que te encuentres bien. Ojalá puedas echar un vistazo a este poema que he escrito a mi amado con tanta ilusión*", decía. Rebeca leyó el poema, corto, cargado de sentimientos. No le pareció nada del otro mundo pero tampoco estaba mal escrito, y aunque era de verso libre, rimaba. Aun no lograba entender porqué la chica persistía en enviarle poemas cuando ella sólo escribía novelas de ficción, pero hasta el momento no había tenido el coraje de mandarla a volar lejos. Le contestó que era muy bonito y se despidió.

Hacia la tarde, Rebeca se encontraba malhumorada pues había logrado escribir apenas dos mil palabras. Se había encontrado gran parte del día con la mente en blanco, luchando contra los pensamientos invasores que le decían a los gritos que era una pésima escritora y que pronto se le acabaría la suerte. Ya sin poder contener las lágrimas, lloró largo y tendido y posteriormente se duchó y lavó la cabeza con fuerza, se exfolió la cara, se depiló y untó crema por todo su cuerpo, pintó sus uñas de manos y pies, y miró un poco de televisión. Cuando ya no supo que más inventar, volvió en vano a su puesto de trabajo, oliendo a flores pero con la cara hinchada de tanto llorar. Así la sorprendió la noche, hasta que finalmente se quedó dormida en el sofá del living, sin cenar.

Los días que siguieron se presentaron de la misma manera. Sentía que las horas no pasaban, y creyó que Martín nunca más volvería a llamarla. Dudó si hacerlo ella, pero por el momento prefería no hacerlo. A diario salió a correr a la rambla y por lo menos cada dos días hablaba un rato con su padre o con sus amigas. Pero no quería distracciones, quería concentrarse en su nueva novela que estaba avanzando a paso de tortuga.

Para la tarde del viernes, el timbre la sorprendió lavando los pisos del apartamento. Observó por la mirilla y para su sorpresa, una gran sonrisa se escapó de sus labios al ver a Martín del otro lado de la puerta.

—Ya abre de una vez, veo tu sombra —dijo él con autoridad.

—Un momento.

Por alguna razón que desconocía en ese momento, ordenó el living lo más aprisa que pudo, y posteriormente, se quitó con gran rapidez el equipo deportivo que vestía y se colocó un vaquero y blusa escotada, se arregló el cabello y se colocó anti ojeras. Mientras tanto, el timbre había vuelto a sonar dos veces más.

—¿Y entonces? —preguntó al fin, haciéndose la desinteresada. Martín pasó sigiloso, observando todo a su alrededor, escrutando cada rincón como si esperase encontrar a alguien. Rebeca, con los brazos como tazas, le hizo un gesto con la cabeza para invitarlo a hablar.

—Te traje algo.

—¿Ah sí?

—Se habla tras bastidores que la empresa inglesa *The Ship* podría estar interesada en hacer una serie para televisión basada en tu libro. Eso lo tiene muy inquieto al señor Carter —dijo con una gran sonrisa de satisfacción. Mientras tanto, Rebeca lo observaba con el ceño fruncido ya que el hombre, que por primera vez en mucho tiempo iba vestido de vaqueros y zapatillas, muy guapo por cierto, se acomodó sin ningún tipo de diplomacia en el sofá del living.

—¿Ah sí?

—¿Solo vas a decir eso? ¿Acaso estás dormida?— preguntó riendo. Luego continuó. Sí, así como te lo cuento, y antes de que vengas a abrazarme por el gran regalo que acabo de hacerte, te pido que cierres esa boca que se te ha quedado congelada y nos traigas unas copas para brindar, dijo abriendo sin más preámbulo, con su propio descorchador, una botella de vino que sacó de su mochila.

»Estoy de tu lado, es lo que quiero que entiendas. Me estoy metiendo en un gran aprieto por revelarte esto, pero creo que por el amor que te tengo, es lo mínimo que puedo hacer«.

Rebeca, aún más confundida que antes, pero con cierto regocijo creciendo en su interior, cogió las dos copas y se sentó al lado de Martín, que en un santiamén sirvió la bebida.

—Es rico.

—Claro que es rico, ¿piensas que te voy a traer un vino de doscientos pesos?

—No esperaría menos.

—¿Y no vas a decir nada? ¿Tan acostumbrada estás a que quieran hacer series con tus libros?

—Perdón. Quedé sorprendida con la noticia.

—Debo decirte que no conozco demasiado a esta empresa, deberíamos averiguar un poco más, pero te recomiendo que mañana te comuniques con *Clarks* y solicites hablar con la secretaria de Carter. Esta te va a decir que él tiene la agenda ocupada hasta fin de mes. Vos le vas a decir que estás hablando con otra empresa que te ha hecho una mejor oferta. Que te convoquen cuando lo consideren necesario. Ella sabe perfectamente quién eres. Todos los días tu contrato y tu libro han estado sobre la mesa. Sin más rodeos, llamará a su jefe y este te citará para una nueva reunión. Sus copas chocaron y ambos dieron pequeños sorbos al vino.

—¿No me estoy arriesgando? No sé nada de la otra empresa. Puede ser un falso rumor. Conmigo nadie se comunicó —concluyó la muchacha, dejando caer su cabeza sobre sus rodillas—, además, técnicamente ya rechacé la oferta de *Clarks*.

—No te queda más que esperar ese llamado. Mientras tanto, tú sabes lo que vales. El libro vale más de lo que te ofrecieron en *Clarks*. Lo que te ofrecimos —se corrigió.

—No entiendo tu papel en todo esto.

—Eso no importa ahora. Haz lo que te digo y todo saldrá bien—dijo levantándose como resorte. Le dio un beso en la mejilla y se fue sin más.

Llevaba horas concentrada escribiendo de mundos fantásticos, cuando la trajo a la realidad el timbre de su celular.

—Hola, Tatiana, ¿cómo estás? —le dijo sonriente a su amiga, una exagente literaria con quien había trabajado dos años y que en el momento trabajaba en una librería. Cada tanto, conseguía algo de interés para Rebeca y a cambio, ella le pagaba alguna comisión, pero lo hacía más por el amor y respeto que se tenían, y por el recuerdo de la relación profesional que las había unido.

—Mi bella, te tengo una noticia fabulosa. Se va a hacer una feria con algunas editoriales y decidieron convocarte. Les confirmé sin peros, me imagino que es lo que has estado esperando, ¿Qué te parece?

—Estuviste bien en confirmar, necesito salir de este apartamento que me va a volver loca.

—Yo sabía —dijo satisfecha—, es el próximo viernes a las dieciocho horas. Después te envío la dirección por mensaje.

—Muchas gracias, eres una genia —dijo antes de cortar.

Esa feria fue el primero de una cantidad de eventos que tuvo en el mes. Había estado tanto tiempo fuera de casa promocionando sus libros, que no había tenido casi tiempo de escribir. Por recomendación de Felicitas decidió contratar a una *Community Manager* que le administrara sus redes y la página web donde semanalmente subía contenidos de interés para los lectores. Algo que había comprendido es que sus lectores cada vez querían estar más cerca de ella. La contactaban por cualquier medio y disfrutaban de todo lo que ella pudiera contarles. Incluso agradecían cuando subía a las redes fotos personales, de sus viajes, del gato de Sam o cualquier cosa que pudiera mostrarles un poco más de su vida privada.

Su nueva ayudante se presentó como Marta pero le aclaró que todos le decían Tina, aunque nada tuviera que ver con su nombre, que detestaba y que prefería evitar escucharlo, y entre risas dijo que se iba a cambiar el nombre de forma legal y pronto. Rebeca de inmediato se dio cuenta de que era de esas chicas a las que les gusta mucho hablar e intuyó que la reunión le iba a llevar más de lo esperado. Se encontraron en un café del centro de la ciudad, moderno y que se caracterizaba por tener una larga lista de variedades de café.

Se trataba de una muchacha en sus veinte, con grandes anteojos y pómulos rosados. Le expuso sonriente que ella administraba las redes de otros famosos, y le nombró la gran lista. Rebeca pensó que debían ser tan famosos como ella pues no conocía a ninguno.

—¿Y qué es eso que llevas ahí?

Sorprendida y con recelo, Rebeca sacó de debajo de su brazo su libreta de notas. —¿Esto? Nada, anoto ideas.

—Claro, entiendo. Yo hago lo mismo pero en el bloc de notas del celular. Pero eres chapada a la antigua —contestó la chica y le dio un sorbo al café. Luego continuó hablando de otro tema. Rebeca respiró profundo para no contestarle una grosería. Luego anotaría en su libreta todo lo que no le dijo a ella en la cara.

Capítulo 10

En *Clarks* el ambiente no era de los mejores, y Martín intuía el porqué. Aunque no eran ni las doce del mediodía, decidió servirse un whisky para calmar sus nervios. Estaba jugando con fuego, bien lo sabía él, pero tenía que salvar su pellejo. Se había jurado no retroceder nunca, y si Carter no lograba lo que quería con Rebeca, él iba a recibir una patada en el trasero que lo llevaría tan lejos de su vista como le fuera posible. Y él no quería estar lejos de Carter, no solo por la abultada suma de dinero que le depositaban mes a mes en sus bolsillos, sino también por el prestigio que esto significaba.

Al estar trabajando directamente para él había tenido ciertos privilegios. Uno de ellos, el ser miembro del Club de Golf, cosa que por sus propios medios habría sido imposible costear, puesto que solo la membrecía costaba ocho mil dólares. Además, en varias ocasiones lo había puesto al mando de proyectos importantes en la compañía. Esto no solo lo hacía ver importante frente a sus compañeros, sino que lo acercaba más a su misión, que era integrar el consejo de dirección. Hasta el momento una sola persona de su edad había alcanzado ese lugar y podía ahora codearse con los dinosaurios más ricos de la empresa. Se trataba de Máximo. Este era un muchacho engreído y poco inteligente, que carecía de títulos y aspiraciones, pero se trataba, nada más ni nada menos, que del hijo de Carter. Por el momento no había sido un estorbo en sus intentos de escalar la pirámide empresarial, sobre todo porque vivía en Miami y venía a las reuniones del directorio una vez al mes o cada dos meses. Martín sospechaba que Carter tenía intenciones de retirarse a la brevedad y que estaba capacitando a su hijo para que ocupara su lugar. Pero solo un tonto tomaría esa decisión, y Carter no era ningún tonto. Así que si todo iba según sus conjeturas, solo él y el contador de la empresa, un cincuentón que trabajaba hacía poco más de dos años con ellos, se disputarían su lugar. Ninguno de los dinosaurios podría hacerlo, de eso estaba seguro. Aunque bien podrían poner a alguien de afuera, algún inversor o accionista que no conociera, pensó preocupado y le dio otro sorbo a la bebida.

Como era de esperarse, Rebeca había picado el anzuelo y había realizado la llamada a la secretaria de Carter, tal como él había sugerido. Sabía que si algo salía mal, podía quedarse sin el pan y sin la torta, y ambos le resultaban de sumo interés. Por el momento no le quedaba más remedio que esperar y acallar las vocecitas en su mente que le decían que era un gran patán por estar traicionando de esa forma a Rebeca. De todas maneras, si todo salía como él esperaba, tanto ella como su jefe, llegarían a un acuerdo beneficioso para ambos, y él indirectamente habría ganado muchísimo, pues los dos estarían eternamente agradecidos con su dedicación y empeño, y por tanto, Rebeca al menos, en deuda con él.

Capítulo 11

—Buenos días, dormilona —dijo la voz alegre de Tina al otro lado de la línea.

—¿Qué hora es? Anoche me quedé escribiendo hasta tarde.

—Disculpa que te moleste, solo quería hacerte un comentario.

—Todo bien, hace días que no hablamos. Decime —dijo bostezando con la boca abierta como hipopótamo.

—Hace unos días publiqué en *Instagram* aquel poema que me pasaste. Tuvo la misma repercusión que todo lo que he publicado. Digamos que las estadísticas no se han mostrado muy buenas por el momento. Diría de hacer algo de publicidad paga. Ya hablaremos de eso. El punto es que desde ese día, una tal *Nubecita* no ha dejado de enviar mensajes.

—Sí, ya sé quién es —dijo desinteresada mientras se calentaba el café con leche en el microondas.

— Al principio le quité importancia, le contestaba con caritas, solo para que obtuviera una respuesta de tu parte. Pero ayer me dijo que se habían conocido, que le habías parecido más linda en persona, que eras muy simpática y una gran lista de elogios. Creo que está enamorada de ti, aunque no se detiene con el envío de poemas del amor que le escribe a su hombre. Así que me deja la duda, o esos poemas son dirigidos a ti pero camuflados.

—Sí, ya había llegado a esa conclusión, es muy rara y un poco obsesiva. Pero si la conocí en persona, la verdad no lo recuerdo.

—No lo sé, no me dio detalles y tampoco pregunté. Quería saber cómo proseguir.

—No le des importancia. No le contestes más, en algún momento entro y hablo con ella, si amerita. Una loca menos no me vendría mal.

—Me haces reír. Bueno, te dejo entonces.

Se despidieron y Rebeca se sentó a desayunar. Tenía un mensaje de *WhatsApp* de Guillermo invitándola a viajar a España. Automáticamente pensó en su cuerpo robusto, en sus abdominales y en aquella pasión que los había mantenido cautivos durante su estancia en Madrid.

Mientras recordaba divertida sus encuentros con él, le contestó que le encantaba su propuesta pero que por el momento no podría ir. Después de todo, en poco tiempo tendría que viajar por compromisos laborales, y sería una oportunidad para reencontrarse. Se preguntó por qué él se mostraba tan interesado, siendo que hacía días que la tenía en el *freezer* y que se habían mandado mutuamente al demonio, aunque lo más probable es que aquello hubiera sido una calentura del momento. Quizás había comenzado a echarla de menos. Se sonrió al percatarse de que ella ya había superado esa etapa. Al principio había sufrido su ausencia y no podía quitárselo de su cabeza, mas ahora con tantas cosas que hacer, no tenía tiempo de pensar en él. Además había venido alguien de su pasado a ocupar su mente. Se inquietó un poco con ese pensamiento. No debía volver ahí.

Sin embargo, recordó el día que conoció a Martín; una chispa en sus ojos la enamoraron a primera vista. Era el hombre perfecto. Se había descubierto en reiteradas oportunidades mordiéndose los labios para contener el fuego interno que peleaba por salir. Luego de mucho tiempo sin verse, él finalmente la invitó a salir. Fueron a una cabaña que Martín alquiló para el fin de semana. Por supuesto que había tenido sus reparos. Irse con él todo el fin de semana tenía implícito el encuentro sexual, pero no podía negarse a ir.

La chimenea ardió e iluminó la sala, que se fue tornando cálida y acogedora. La poseían los nervios de tener que enfrentar esa pasión acumulada. Al llegar, se sentaron en el sofá de tres cuerpos, uno en cada extremo, en silencio observando el fuego. Unos eternos minutos de silencio se rompieron en un "ponte cómoda", cuando él decidió quitarle los zapatos a Rebeca y colocar sus pies sobre su regazo. Luego le quitó las medias y acarició sus dedos, la planta del pie y el empeine. Rebeca lo notó tan nervioso como ella, pero se sintió atraída por aquella decisión de comenzar a acariciarla. Aun no se habían mirado a los ojos, ambos mantenían la mirada en el fuego, como un hechizo, que crepitaba y echaba chispas.

Su mano subió por la pantorrilla, levantando el pantalón y masajeando suavemente. Al llegar a la rodilla, Rebeca sintió todo su cuerpo temblar. No sabía si ella debía hacer algo también o si el hecho de dejarlo *hacer*, ya era suficiente. Sin embargo, para su sorpresa, un tronco cayó de la pila que ardía en la estufa y Martín se levantó apresurado a acomodarlo. Luego la miró sonriente, con picardía en sus ojos, y se encaminó a la cocina, que se encontraba a unos pasos, justo detrás de Rebeca. Esta, perpleja, se dio la vuelta y lo contempló sirviendo una botella de vino.

—¿Tienes sed?

—Sí, claro —fue lo único que pudo decir. Pidió permiso y se dirigió al baño pegando pequeños saltitos por el frío que le provocaban las baldosas en sus pies descalzos. En él, se lavó la cara y tomó aire para tranquilizarse. No entendía qué le pasaba. Había deseado tener ese momento con él desde que lo había conocido. Al fin se habían dado las cosas para que estuvieran juntos, pero estaba paralizada, y en su cabeza se dibujó la imagen de que él llevaría a ese lugar a muchas mujeres, que ella solo sería una más. Y ella no quería serlo, quería ser *su* mujer. Pero claro que aún no habían hablado del tema. Más bien no habían hablado de nada personal, solo de trabajo. Esa era su oportunidad de conocerlo de verdad, porque después de todo, no podía enamorarse solo de un cuerpo bonito.

Cuando volvió a la sala, Martín se encontraba en el sofá y había encendido la televisión. Rebeca pensó que ya todo estaba perdido. Se sentó a su lado y él le alcanzó su copa.

—Perdón que no te esperé para brindar. Le tenía ganas a este vino, me lo recomendó Antonia.

—No pasa nada. Está muy rico, Antonia nunca se equivoca.

Él asintió, sin notar los celos que brotaban de aquellas palabras. Para él Antonia era solo una amiga, que conocía hacía más de diez años pues estudiaban juntos.

Martín se sirvió la segunda copa y volvió a colocar los pies de la muchacha encima de sus piernas, como si fuera lo más normal del mundo. En la televisión pasaban un programa de talentos que al joven parecía causarle mucha gracia. De tanto en tanto, hacia algún comentario o acariciaba los pies de la chica.

—¿Eres vegetariana? Preguntó de pronto, sacando a Rebeca del embobamiento.

—No —titubeó.

—Perfecto —dijo levantándose como resorte—, traje para hacer una picada.

Esta se volvió para verlo ingresar en la cocina. —¿Necesitas ayuda?

—No, quédate ahí disfrutando el vino. Bebe otra copa.

Rebeca hizo caso y se sirvió otra. Necesitaba sacarse la vergüenza que la mantenía paralizada.

—Eres callada —dijo secamente volviendo con una bandeja con diferentes cortes y variedades de fiambres y quesos.

Ella no dijo nada. Intuyó con sus palabras que la trataba de aburrida, lo cual fue bastante humillante, así que decidió hacerlo cambiar de opinión. Bebió de un sorbo la segunda copa y comenzó la conversación un poco más acalorada.

Mientras revolvía su café con leche, sintió cierta incertidumbre sobre su futuro. Meses atrás tenía claro que quería tener una vida al lado de Guillermo —un galán de cabello rubio y ojos de color aguamarina—, que de alguna manera los planetas se alinearían para que ella se terminara radicando en Madrid, pero el trabajo y la propuesta en torno a la empresa *Clarks* la habían demorado más de la cuenta, y el cambio de cronograma emitido por la editorial española parecía aliarse para que se alejara cada vez más de sus planes.

Recordó con un nudo en el estómago lo que sufrió cuando descubrió las infidelidades de Martín. Por más que ahora reapareciera en su vida, no podía caer tan bajo de volver a entrar en su telaraña. Sabía que él era un manipulador nato, que se armaba de sonrisas y adulaciones para lograr sus objetivos. Ya lo había hecho con ella durante años, por eso la convencía una y otra vez de que *ese* engaño sería el último.

Por el contrario, Guillermo parecía ser el partidazo. Sobre todo teniendo en cuenta que era mayor y más maduro. Como le había dicho una vez, no estaba para perder el tiempo. Si una mujer le interesaba se comprometía en la relación de lleno. De todas maneras, ella aún no sabía en qué punto de la relación estaban, y para su desdicha, sintió que aquello no era más que una amistad con beneficios. El tiempo demostraría si estaba equivocada.

Luego de lavarse los dientes y vestirse ropa cómoda, se sentó en su mesa de trabajo, junto al ventanal del living donde el sol de la mañana iluminaba cálidamente. Encendió la computadora, revisó sus apuntes y realizó algunos esquemas para armar su estrategia de trabajo. Intuía que ese día no sería del todo productivo puesto que no podía dejar de pensar en sus dilemas amorosos. Se molestó con ella misma por no poder controlar su mente, pero sobre todo, porque ninguno de los involucrados tenía esos dilemas. Los hombres no se meten en embrollos sentimentales, pensó irritada.

De pronto, una llamada la obligó a volver a la realidad. Se trataba de la secretaria de Carter que la citaba para dentro de dos días a las tres de la tarde, a una nueva reunión en las instalaciones de la empresa. Rebeca confirmó su asistencia, tratando de disimular su entusiasmo. "Todo va según lo planeado, me llamaron de *Clarks*", le envió por *WhatsApp* a Martín y apagó la computadora. Definitivamente ese día no podría trabajar.

Se tiró en el sofá del living a leer los mensajes de sus redes. Por lo menos debía hacer algo productivo ya que no podía concentrarse para escribir.

Martín contestó con un escueto emoticón sonriente que descolocó a Rebeca. ¿Aquello no era lo que quería? Debía andar con cuidado, concluyó.

Vio en *Instagram* unas fotos de Guillermo bebiendo unos tragos con una colega y la invadieron unos celos tremendos. Decidió llamarlo al instante.

—Hola, Rebe, ¿cómo estás? Qué lindo escucharte.

—Tenía ganas de hablar contigo, hace días que no sé nada de tu vida.

—Está todo perfecto, deseando que vuelvas.

—Si todo va bien, en dos meses estaré ahí.

—Me muero por verte —dijo casi susurrando—. Aguarda, me estoy metiendo en el cuarto de baño para que no escuchen mis compañeros.

—Sí, claro.

—Me encantaría follarte.

Rebeca pegó un salto al oír esas palabras. Nunca le había hecho comentarios del estilo por teléfono.

—Veo que andas excitado —dijo riendo nerviosa.

—Me excita escucharte, te imagino con la tanguita roja que usaste la última vez. Se me hace agua la boca.

—Me encantaría volver a ese día —dijo, y sintió que le ardían las mejillas.

—¿Porqué no hacemos *sexting* esta noche? Me muero por verte desnuda.

Al instante, Rebeca recibió en su móvil una foto de su miembro erecto.

—¡Oh, señor! Creo que se está extralimitando. No olvide que se encuentra trabajando.

—Solo fue un adelanto, mi amor. Mándame foto de tus tetas, o lo que quieras.

—De ninguna manera. ¡Estás trabajando!

—¡Ay! Qué pacata. Esta noche hacemos videollamada.

Se despidieron y Rebeca se quedó con un sabor agridulce en la boca mientras contemplaba la foto que acababa de recibir. Nunca había conocido esa faceta de aquel hombre, algo que por el contrario, estaba acostumbrada a recibir de parte de Martín. Lo veía tan serio a Guillermo, que en vez de alegrarse o excitarse, la dejó perpleja y un poco ofendida. Aunque la foto no estaba nada mal.

Capítulo 12

El día de la reunión llegó y quien la recibió fue
Martín. Lucía una enorme sonrisa y la chispa de siempre en
sus ojos. Vio que se había afeitado esa mañana y que tenía
el pelo recién cortado. El aroma de su perfume la
embriagó.

La invitó a pasar haciendo un gran ademán y le
retiró una silla para que se sentara. Enseguida la secretaria
le ofreció un café que la muchacha rechazó. Quedaron
solos en la sala.

—No tardan en venir. Estás preciosa.

—Gracias. ¿Está todo bien?

—Claro. ¿Por qué lo dices?

—Me pareció extraño que no me contestaras nada
más el día que te envié el mensaje… Siendo que fue idea
tuya.

Martín enseguida le pidió silencio con el índice en
sus labios y se sentó a su lado.

—Te pido disculpas. He tenido mucho trabajo —se
excusó casi en un susurro. El leve aroma a menta de su

boca le llegó a las narinas y la hizo estremecer. Asintió y cambió de posición en la silla para alejar su rostro del suyo.

En pocos instantes, dos ejecutivos de la compañía que Rebeca ya conocía de reuniones anteriores la saludaron cordialmente y ocuparon sus puestos.

—Antes que nada, Carter le manda un saludo y pide disculpas por no poder asistir el día de hoy. Se encuentra en Nueva York por negocios, me ha dejado encargado —dijo el más joven.

Nos ha llegado la información de que una empresa está interesada en comprar los derechos sobre el mismo manuscrito. En general tenemos gran influencia en el mercado interno e internacional y podemos enterarnos de las noticias incluso antes que el propio autor. Esta vez hay incertidumbre y mucho secretismo. No sabría a qué se debe pero no queremos perder el tiempo en indagar más sobre el asunto. Como le mencionamos la última vez, deseamos poder aliarnos con usted y que sea en beneficio de todos. Esta vez creo que la oferta es tentadora y le va a resultar muy difícil rechazarla.

Martín, mientras tanto, no dejaba de pensar que si alguien descubría su farsa lo despedirían de la empresa y quedaría mal posicionado en su país, que ningún despacho de abogados lo contrataría, y mucho menos una empresa del calibre de *Clarks*. Era tan grande la confianza en él, que nadie reparó en analizar la información que les brindaba y mucho menos cuestionaron los datos. Rezó mentalmente para que todo saliera según lo planeado. A pesar de tener gran confianza en Dios y en la energía superior del universo que entendería el porqué de sus acciones, sentía que la corbata le apretaba el cuello como nunca y que no podía respirar. Se excusó y salió de la sala de reuniones. Los presentes apenas notaron su ausencia.

—La propuesta es la siguiente—comenzó a leer en voz alta el joven que había hablado antes. Mientras tanto, el otro ejecutivo le entregaba a Rebeca una copia. Luego de terminar de leer dijo que se encontraba a las órdenes para evacuar cualquier tipo de duda.

—Le agradezco. Como sabrán lo tengo que consultar con mis asesores. Pero desde ya les agradezco el tiempo. Se levantó de la silla y le estrechó la mano a cada uno, dando ella por terminada la reunión. Esta actitud sorprendió a los dos caballeros presentes, que sin objetar nada, la despidieron.

Ella caminó decidida, con paso firme, consciente de lo que había causado, y preocupada por Martín que se había retirado de la sala y no había vuelto para despedirse.

Cuando salió del edificio, aspiró una gran bocanada de aire y se largó a llorar como una niña, mientras introducía la llave del auto en la cerradura.

Estaba sorprendía con ella misma, orgullosa de sus logros. No podía creer el cambio en la propuesta, esta vez se trataba de algo mucho más beneficioso. Sentía estar viviendo un sueño. Y sin duda, Martín tenía mucho que ver en eso. En aquel momento sentía unas terribles ganas de abrazarlo. Ni bien terminó de pensarlo, vio que Martín se acercaba trotando hacia el auto.

—Creo que te faltó despedirte—dijo por la ventana del copiloto. El vidrio comenzó a bajar.

—Disculpa, me tengo que ir.

—¿Pero acaso no vamos a festejar este gran logro?

—No es momento de festejos. Aun no firmé nada.

—Pero asumo que lo harás. Es maravilloso lo que te ofrecieron —concluyó él apoyado en la ventanilla. Su gran sonrisa era cautivadora pero Rebeca no se permitió sucumbir ante sus deseos. Le agradeció por el esfuerzo y se retiró del lugar. Por el retrovisor divisó al joven erguido, con su traje y sus modales de abogado engreído, con las manos apoyadas como tazas, atónito con el cambio de actitud de la muchacha.

Capítulo 13

La oficina del doctor Hermida era espaciosa y olía a tabaco. Una gran biblioteca de roble ocupaba la pared frente a la puerta de entrada, repleta de libros de todo tipo, algunos ejemplares de antaño, enormes y con piel de cuero. El escritorio, también de roble, estaba tallado en sus patas. Al verla entrar, el abogado se levantó con parsimonia y dificultad como si tuviera algún mal en las caderas. Para ser un tiburón, como le decía su padre, era bastante bajo y simpático. En su cabeza, ella se había hecho la idea de una persona mucho más intimidante.

—Rebeca, qué gusto conocerte. Por favor toma asiento.

—El gusto es mío —dijo tímidamente, aceptando sentarse donde este le indicaba.

El abogado le pidió que relatase con lujo de detalles todo lo sucedido en *Clarks*, mientras leía por arriba la copia del contrato.

—Se ve muy interesante y por ahora no creo que haya motivos para dudar. De todas maneras, lo mejor es que te contacte la semana que viene para darte mi opinión antes de que tomes ninguna decisión. Rebeca le estrechó la mano y se retiró del lugar con menos peso en sus hombros.

El doctor Hermida se sirvió su primer vaso de whisky de la tarde y encendió su laptop. Buscó en Google la empresa *Clarks*, y se dirigió directamente a la sucursal de su país. Entró al ítem de "Nuestro staff" donde le fue fácil encontrar a Martín Noble. Posaba con una hermosa y gran sonrisa y una postura que denotaba seguridad. Este hombre va a llegar lejos, pensó el abogado. Luego se dirigió al directorio de la empresa donde había fotografías de James Carter y otros peces gordos. Se rio para sus adentros, ya había tenido juicios contra grandes compañías y se había tenido que enfrentar a gente como esa. Pensó que eran demasiado pomposos, con sus trabajos bien remunerados y sus vidas de lujos y excesos, pero en el fondo eran seres de baja autoestima que en vez de admiración, le causaban pena. Le hubiese gustado enfrentarse en un juicio contra ellos, solo para demostrar su valía, pero en este caso no era necesario, pensó con resignación.

Capítulo 14

Aunque llovía torrencialmente, Rebeca no aguantaba un minuto más estar encerrada en su apartamento. Estaba ansiosa y nerviosa por su futuro contrato, y además tenía que cumplir con algunos plazos editoriales, pero no tenía la cabeza para concentrarse en nada. Por alguna razón, no dejaba de pensar en Martín. Estaba hermoso la última vez que lo había visto en la reunión en *Clarks*. Había sido gentil y simpático, además de que la sensualidad brotaba por cada uno de sus poros.

Cuando eran novios, Rebeca siempre se había sentido inferior a él, pues era todo lo que no era ella. Tenía una gran autoestima, era inteligente, sociable y divertido, extrovertido y lleno de vitalidad. Pensó que todo eso la había enamorado, más allá de su belleza física. Siempre la hacía reír y sus días junto a él no eran nada rutinarios. Así como le regalaba flores o perfumes, era detallista y cuando se iba de viaje al interior por trabajo siempre volvía con algún presente, o le compraba cosas que sabía que le gustaban, como el queso Colonia que vendían en la ruta, a la salida de Nueva Helvecia. Recordó con una enorme sonrisa cuando apareció con dos pasajes para ir a Francia, para visitar los Alpes y los Pirineos franceses, deseo que ella siempre hablaba de querer cumplir. Fue tan feliz durante ese viaje que hasta escribió un libro basado en él.

Sin embargo, con el tiempo se había dado cuenta de que podía llegar a ser egoísta y materialista. A veces se burlaba de su forma de vestir, le decía que tenía que donar su ropa de campo si quería ser exitosa. Alguna vez le habían dado risa sus comentarios, pero con el tiempo se fueron haciendo molestos. Mirando en retrospectiva, ahora Rebeca se vestía mucho más elegante y se preocupaba más por su aspecto físico, por maquillarse y arreglarse el cabello. Y todos estos cambios se debían a él, pensó, mientras se calzaba unas botas de lluvia.

Al salir al pasillo, vio que Ricardo se encontraba abriendo la puerta de su apartamento. Pensó que quedaría muy maleducada si lo evitaba, por tanto se dirigió de todas formas a llamar al ascensor, mientras el anciano que había mirado por arriba del hombro quién era que se encontraba tras él, se volvía para continuar su lucha con la cerradura. A su lado, reposaba el carrito de feria a rebosar de verduras.

—Buenos días.

Un brr, fue todo lo que obtuvo Rebeca como respuesta. No era la primera vez.

—De buenos no tienen nada estos días. Llueve afuera y está olvidando el paraguas —dijo al cabo de unos momentos.

—No tengo paraguas, pero sí estas hermosas botas —dijo exhibiendo sus botas nuevas al anciano, que no se volteó a ver.

—Los paraguas fueron inventados para los días de lluvia. Que no lleve uno sería un despropósito.

—Lo tendré en cuenta para la próxima.

El anciano, que había logrado abrir la puerta de su apartamento, entró el carrito a toda velocidad y dio un portazo sin despedirse de Rebeca. Para ese momento ella se introducía aliviada dentro del ascensor.

Ricardo era de esos vecinos cascarrabias al que todo le molestaba. Hacía denuncias al 911 por ruidos molestos, golpeaba la puerta de sus vecinos cuando algo no estaba dentro de sus parámetros permitidos y se quejaba en administración por todo. A Rebeca le había dejado algunas cartas por debajo de la puerta, exhortándola a que no dejara sus huellas de barro en el pasillo o que tuviera cuidado de no dejar la puerta del ascensor mal cerrada. Pero salvo esos detalles, nunca había tenido un enfrentamiento con el anciano. A pesar de no ser querido en el edificio, ella le tomó cierto aprecio desde una vez que lo encontró hablándole a un perro de la calle. En ese momento sintió pena por él y se dio cuenta de lo solo que debía sentirse. Sin embargo, a pesar de esa actitud tan bella, Rebeca también lo descubrió rallando con su llave el auto de la vecina del primer piso, cosa que la mujer nunca llegó a descubrir. Por lo que se comentaba, la mujer había tenido un desencuentro con Ricardo cuando este le sugirió que tratase a su mascota como tal y no como a un bebé, que quedaba feo y la hacía lucir tonta. La mujer se sintió ofendida y le pegó con la cartera mientras le gritaba improperios en plena calle frente a la puerta de entrada del edificio. Y Ricardo, sorprendido por su actitud mal educada, la acusó ante la administración y juntó firmas para que se prohibiera la tenencia de mascotas dentro del edificio. Desde aquel momento estaban en un enfrentamiento constante.

Afuera llovía torrencialmente y debido a su falta de paraguas se mojó de pies a cabeza, como cabía suponer. Pensó que podría evitarlo mientras caminara debajo de los techos de las tiendas, sector que era codiciado por todos los que, como ella, no llevaban paraguas. ¡Maldita estúpida!, se dijo furiosa al cabo de tres cuadras, en la que vio frustrada su idea de salir a caminar para despejar la mente y decidió pegar la vuelta.

Al llegar a la puerta de su edificio, una muchacha le cortaba el paso con su gran paraguas.

—¡Permiso! —dijo Rebeca con voz fuerte y autoritaria.

—¡Rebeca! —exclamó eufórica. Te estaba esperando. El portero me dijo que habías salido. Qué suerte que volviste rápido.

—Disculpa, ¿te conozco?

—Sí, claro. Soy tu mayor fan. ¿No me recuerdas? —preguntó cerrando el paraguas y acomodándose debajo del techo de la entrada.

Rebeca enseguida reconoció esos ojos verdes.

—¿De la plaza?

—Sí, y del bar. Aunque en ese momento no logramos hablar mucho.

—¿Cómo sabes que vivo acá?

—Necesito hablarte de algo muy importante.

—Te pido me disculpes, pero estoy ensopada y necesito darme una ducha.

Rebeca emprendió la marcha hacia el ascensor, pero la chica sin darse por aludida, la siguió hasta meterse dentro del ascensor con ella.

—Creo que no me entendiste. Voy a bañarme.

—No tengo problema de esperarte—dijo la chica con una gran sonrisa.

Todas las alarmas de Rebeca se encontraban encendidas, pero no sabía de qué manera librarse de ella sin ser grosera.

¿Cómo había conseguido ubicarla? ¿Por qué motivo se había presentado personalmente? ¿Acaso era solo una fan o algo más? ¿Estaba obsesionada con ella? ¿Debería tenerle miedo?

Al llegar al piso 6, las puertas del ascensor se abrieron. Debía actuar rápido, la desconocida no podía entrar a su apartamento. Decidió introducir la llave en la cerradura de Ricardo. Este enseguida abrió la puerta, pero antes de que pudiera protestar, Rebeca lo abrazó con euforia.

—¡Qué cree que está haciendo! —gritó molesto el anciano —Me está mojando, maldita loca.

—¡Ay, abuelo, no seas tan grosero! Me he mojado un poco. Despide por favor a mi amiga mientras me doy un baño —dijo mirándolo con ojos suplicantes y huyendo dentro del apartamento de su vecino.

Tanto Ricardo como la joven se encontraron despistados unos momentos, pero él que no era persona de andar con rodeos, la despidió y cerró la puerta en su cara. La chica golpeó la puerta, esperando que no la dejaran fuera. Sin embargo, Ricardo no pensaba permitir que nadie más se metiera dentro de su casa. Además, una mojada Rebeca le hacía señas con las manos para que por favor mantuviera la puerta cerrada. El viejo entendió la orden, y se mantuvo al lado de la mirilla hasta que pudo comprobar que la chica se había tomado el ascensor de retorno.

—¿Qué ha sido todo esto?

—Discúlpeme Ricardo, no debí hacerlo, pero esta chica es una loca obsesionada conmigo. No podía dejarla entrar en mi apartamento.

—No puede entrometerse así en mi vida.

—Solo fue un favor entre vecinos, del cual le estoy profundamente agradecida. Ya sabe, hoy por mí, mañana por ti. Por usted, disculpe.

—Brr. Vaya a bañarse que se va a pegar un resfriado.

—Enseguida.

—Le dije que llovía a cántaros y no me hizo caso. Ahora anda como una andrajosa. Piérdase de mi vista.

—Gracias, gracias—dijo despidiéndose con la mano.

Capítulo 15

Jorge llamó a Rebeca pasada las nueve de la mañana, cuando esta se encontraba desayunando.

—No tengo planes para el fin de semana, papá, pero debería quedarme hasta terminar el libro que estoy escribiendo. Sabes que me encanta visitarlos pero me termina jugando en contra porque me distrae de mis obligaciones.

—Está bien, querida. ¿Y qué te parece si vamos a visitarte?

—Uff, papá, es lo mismo, necesito estar concentrada. Discúlpame. Podemos tener una videollamada cuando quieras.

—Está bien, querida. Ya habrá tiempo para vernos. Te mando un beso.

—Otro —dijo y sintió silencio del otro lado de la línea. Se levantó enseguida a recalentar el café con leche, que se había enfriado.

Le preocupaba la soledad de su padre. Sus hermanos ya tenían su vida y pasaban mucho tiempo en sus tareas y fuera de casa, por tanto su padre siempre estaba solo. Y aunque él nunca se quejaba, ella sentía una enorme culpa por no poder ocupar esos espacios vacíos en la vida de su padre.

Tenía varias preocupaciones en su cabeza que la desviaban del cumplimiento de sus objetivos. Martín, Guillermo, el viaje tan anhelado a España, el contrato de *Clarks*, y un gran etcétera que no la dejaban concentrarse. Se dio cuenta de que hacía más de un mes que no veía a ninguna amiga, pero no podía permitirse distracciones. Creía firmemente que el sacrificio que estaba viviendo sería retribuido algún día. Después de todo, había logrado vivir de lo que amaba, que era escribir. Así que eso debía hacer.

Se alegró al recordar que en menos de una semana empezaría otra ronda de eventos que le había recomendado su exagente. Sería el momento de conocer a nuevos editores, autores y personas relacionadas con el mundo de la literatura.

Capítulo 16

No debes irte a la cama enojada, dijo su madre a una pequeña Rebeca que la observaba de brazos cruzados. *Dale un beso a mamá*, le había dicho su padre; *los besos curan todo, incluso los enojos*. Sin embargo, la pequeña no podía comprender que su madre al otro día se iría de viaje a Bruselas por veinte días y que el motivo era trabajo, y no alejarse de ella como alegaba la pequeña Rebeca. *Me abandonarás*, fue lo último que le dijo a su madre antes de cerrar la puerta con estruendo. Lo que nunca supo es que aquel día estaba decretando su futuro, pues su madre la abandonaría, aunque no por voluntad propia.

Sobresaltada y cubierta de transpiración y lágrimas, se levantó y caminó hacia la ventana. Dejó entrar la cálida brisa de la primavera. No era la primera vez que ese recuerdo la abrumaba, a veces solo en imágenes, y otras en forma de sueños muy emotivos. O pesadillas.

La incomodaba el no poder olvidar esos sucesos, no poder eliminar la culpa de su corazón, no poder aceptar su realidad. Su madre había fallecido en un accidente, no la había abandonado; pero para ella, la pequeña que aún vivía en su interior, así había sido. Ya habían pasado más de quince años pero los recuerdos la seguían atormentando. Había acudido a terapia en reiteradas oportunidades, incluso se había sometido a sesiones de hipnosis, pero nada podía hacer con esos recuerdos. Si hacía mucho esfuerzo podía recordar experiencias alegres con su madre, pero muy a su pesar sabía que algunos eran solo creaciones de su mente, mezcladas con anécdotas que le había contado su padre. Sus hermanos, que eran muy pequeños cuando su madre falleció, directamente no la recordaban y no hablaban de ella.

Rebeca tenía en el fondo de pantalla de su celular y de la laptop, la foto de su madre abrazando a aquella niña.

Ahora que había madurado y contemplaba la posibilidad de tener hijos cada vez más cercana, se sentía aún más culpable por haber sido tan egoísta, por haber pensado solo en su dolor y no en el de su padre, que no solo había tenido que criar a tres niños, sino que nunca se había quejado ni demostrado sufrimiento. Por el contrario, siempre se había mostrado animoso y había sacado a la familia adelante. Lo admiraba profundamente y sentía un enorme orgullo por tenerlo como padre. Pensó que debería decírselo alguna vez.

—No seas tonta —se regañó. El reloj marcaba las 3.43, tenía varias horas por dormir aún. Se enjugó las lágrimas y volvió a acostarse, dejando la ventana entreabierta.

Capítulo 17

Hacía varios días que *Nubecita* le enviaba mensajes por las redes sociales. Al principio Rebeca le quitó importancia y se dedicó a sus asuntos. El abogado le había dado el visto bueno y habían coordinado una reunión con *Clarks* para la semana siguiente, cosa que la tenía ansiosa y con sus pensamientos recurrentes en esas cuestiones. Sin embargo, la insistencia de la chica comenzó a preocuparla, y por ese motivo decidió atender a sus reclamos y escuchar lo que tenía para decir.

—Me siento sucia. Siento que te he engañado durante mucho tiempo—comenzó diciendo *Nubecita* una vez que Rebeca la saludó e invitó a comentarle lo que tanto quería.

—No entiendo. ¿Por qué? ¿Acaso nos conocemos?

—Sí. Yo soy la de la plaza, y el bar, y la que subió en el edificio contigo la última vez. Necesitaba estar cerca de ti, conocerte.

—¿De qué hablas? Tu foto de perfil no se parece en nada a la que conocí el otro día.

—Sí, he cambiado la foto.

—¡Loca! ¡Eres una loca! ¡Me estás siguiendo!—dijo Rebeca indignada.

—Te pido disculpas por engañarte. La verdad es que hiciste una buena jugada sacándome de en medio, pero sé perfectamente que ese viejo decrépito es tu vecino y no tienen ninguna relación familiar. Tú vives en frente, lo pude averiguar en portería. El hombre es muy amable y dándole un poco de confianza se le va la lengua.

—Mira, no sé qué intenciones tienes pero te pido que termines con esto que está al borde del acoso.

—Quiero que seamos amigas.

—Las amistades no se hacen de esta manera. Fluyen naturalmente. Tú estás presionando por todos lados, me vienes escribiendo hace meses, me has abordado en diferentes lugares sin decirme quién eras realmente. Y por lo visto, encuentros que para mí fueron fortuitos, en realidad fueron planeados.

—Sí, pero no quiero que me malinterpretes. No quiero que lo sientas como un acoso, solo quiero que nos conozcamos, que seamos amigas. Te admiro tanto, escribes tan precioso. Eres una mujer que ha batallado contra todo, que has luchado toda tu vida.

—¡¿Y tú qué sabes de mi vida?!

—Sé mucho, aunque te cueste creerlo. Podemos juntarnos cuando quieras. Me encantaría conocerte. Yo sé que podemos ser amigas.

—No puedo ser amiga de una persona que por lo visto está obsesionada conmigo.

—Es que ahí está el problema. Por eso me urgía hablarte, por eso te decía que me sentía sucia.

—No entiendo nada. ¡No tengo nada que hablar contigo, maldita chiflada!

—Sí que tenemos que hablar. Los poemas que hace tiempo te vengo compartiendo son para Jorge, tu padre.

Rebeca se sintió desfallecer. ¿Su padre? Aquello no tenía relación. Su corazón comenzó a acelerarse, y cómo pudo, escribió su respuesta y pulsó enviar.

—¡Qué decís, maldita loca!

—Realmente me siento enamorada de él, pero él no siente lo mismo y…

Rebeca sintió una gran presión en sus oídos y las lágrimas comenzaron a rodar por su rostro, descontroladas.

¿Su padre? Los poemas que de forma engañosa le hizo leer, que hablaban de sexo, amor, desengaño, ¿estaban dedicados a su padre?

Conocía su nombre, así que era probable que lo que le contaba, por más loco que pareciera, pudiera ser cierto. Le temblaba el pulso y le sudaban tanto las manos que cerró la tapa de la laptop y no volvió a hablar con *Nubecita*. ¿Qué significaba eso? ¿Acaso su padre se estaba encontrando con una muchacha, que por sus cálculos tendría unos treinta años menos que él? Solo de pensarlo sintió repugnancia. ¿Enamorada de su padre? Comprendió que su padre podía verse atractivo para algunas mujeres, incluso tan jóvenes como su hija. Y que podía despertarles amor. Sintió náuseas de solo pensarlo. Nunca lo había visto de esa manera. Hasta recibir aquellas fotos, nunca había pensado que él pudiera ser activo sexualmente. Volvió a sentir náuseas. Se tranquilizó al pensar en que por lo menos la chica aparentaba ser mayor de edad. ¿Y si no lo era? Su mente comenzó a tejer hipótesis cada vez más enredadas y alarmantes. Por lo que recordaba, tenía un rostro dulce y unos hermosos ojos. No pensó en aquel momento, cuando la conoció en la plaza, en qué edad podía tener. Bien podría haber estado maquillada y eso le agregaría algunos años. Creyó que lo más indicado sería hacerle todas esas preguntas a ella, pero en ese momento no podía. Le temblaban las piernas y un permanente ahogo la obligó a mantenerse recostada en el sofá, con las ventanas abiertas de par en par.

Se vio a sí misma, de unos siete años, jugando con sus padres en la plaza. Siempre la llevaban a un lugar donde había enormes toboganes, a los que le gustaba subirse una y otra vez. En esa plaza se había hecho la primera cicatriz; un tajo en la pantorrilla que en ese momento observaba con los ojos llenos de lágrimas. La habían tenido que llevar al sanatorio, donde le hicieron tres puntos, que luego mostraba orgullosa a sus compañeras. Sonrió al recordarlo. Necesitaba llamar a su padre pero se encontraba tan nerviosa que no podría hablar. Decidió llamar a Martín.

—Hola, Rebe, qué lindo saber de ti —dijo una eufórica voz del otro lado de la línea.

Rebeca se sintió reconfortada y en familia. Después de todo, él conocía todo de su vida, sus miedos y sus anhelos más íntimos. Le contestó con un *hola* ahogado que dio lugar a que Martín sospechara de su estado de ánimo.

—Salgo de la oficina y voy por ahí —dijo antes de colgar. Rebeca volvió a llorar. Se sentía conmocionada y enredada en sus emociones. Sin haberle contado nada, él había comprendido que lo necesitaba. Sus sentimientos para con él cada vez eran más fuertes y temía volver a caer rendida en sus brazos. Una parte de ella se negaba a ese sentimiento. Ya la había hecho sufrir mucho en el pasado, y una persona que te ama no te hace sufrir. Pero puede haber cambiado, pensó al instante. Después de todo, habían pasado muchos años.

Capítulo 18

Cuando Rebeca abrió la puerta, el joven apuesto esbozó una enorme sonrisa y le entregó un ramo de flores, adentrándose luego en el apartamento.

—No hay tristeza que no pueda quitar una cerveza bien fría —dijo, y colocó la botella sobre la mesa. Ella ya estaba acostumbrada a las actitudes de Martín, sus entradas triunfantes que captaban la atención y que lo ponían en el lugar de todas las miradas. En el pasado la había enamorado de la misma forma en que la había irritado. Algunas veces sentía un enorme orgullo de estar junto a una persona así, y otras había sentido una enorme vergüenza ajena, puesto que hasta en un velorio siempre se las ingeniaba para llamar la atención. Sin embargo, su carisma era el indicado para cuando el ambiente no era de los mejores, porque no había nadie como él que pudiera romper el hielo.

Desde que se habían vuelto a encontrar, todas sus entradas al apartamento de Rebeca eran de forma atropellada. Se metía como un remolino sin pedir permiso, solo por el hecho de tener la puerta abierta. *Como perico por su casa.*

Él sirvió la cerveza mientras Rebeca colocaba las flores en un jarrón con agua.

—Gracias por el gesto. Y por no traerme claveles.

—Jamás cometeré el mismo error. Ven que se calienta la bebida.

Se sentó a su lado, en el cómodo sillón de dos cuerpos. Hacía mucho tiempo que no se encontraban tan cerca. Agradeció en silencio que él no preguntara el motivo de su malestar. Se limitó a hablar de trivialidades y de distraerla de sus preocupaciones.

—¿Quieres hablar de lo te que sucedió? —preguntó al fin, después de una hora de pláticas.

—No. Prefiero que no. Quiero que te quedes tranquilo porque no me pasó nada, por lo menos nada grave.

Martín le dio un apretón de manos y le dijo que ahí estaba él para cuando lo necesitara y se recostó en el sillón lanzando un largo suspiro. Los segundos que pasaron posteriormente a Rebeca le parecieron eternos, sobre todo porque él se veía más que apetecible con el conjunto de traje y corbata que lleva puesto. Dedujo que ese día habría sido significativo para él, que habría tenido reuniones o algún evento de categoría, puesto que no era de usar corbata en su vida laboral diaria, a menos que tuviera una reunión importante. Esta le daba un toque de *glamour* pero le agregaba por lo menos tres años de edad. Enseguida pensó en *Clarks* y en que seguramente estuviera preguntándose qué respuesta les daría, si firmaría o no el contrato. Pero no dijo nada. Tampoco lo hizo ella, y los segundos de silencio pasaron hasta que finalmente Rebeca decidió cocinar algo para cenar. Fue entonces que lo vio dormido. Con la cabeza levemente inclinada, apoyada en el respaldo del sillón, las piernas abiertas de par en par y los brazos unidos en su vientre.

Se detuvo unos instantes para observarlo. Hacía eso cuando vivían juntos y él decía que era una loca, que esas cosas no se hacían. Pero ella en aquel entonces estaba tan enamorada que no podía dejar de observar cada detalle de su rostro, el movimiento de sus ojos bajo los párpados, de los labios que a veces estaban tiesos y a veces se separaban para lanzar un suspiro, el leve subibaja de su pecho al respirar. Le causaba enorme placer verlo, como si una hipnosis se apoderara de ella. Se descubrió en ese momento haciendo lo mismo, a pesar de los años que habían pasado le seguía causando placer ver el rostro apacible de Martín, tan bello, tan perfecto, con sus pómulos marcados y su quijada ancha, y sus labios gruesos e hidratados. Se dio cuenta de que esto que hacía ahora nunca lo había hecho con Guillermo, y recordó que él tenía unos labios siempre resecos. De pensarlo sintió cierta repugnancia. No era para tanto, se dijo, pero Guillermo ya no causaba en ella la misma impresión. La distancia había helado la relación. Y sin embargo ahora tenía a Martín, tan cerca y tan caliente, pero a su vez inaccesible. Decidió dejarlo dormir y se dirigió a la cocina a preparar la cena. Con el aroma se despertará, pensó, entonces con toda la voluntad de una chiquilla que quiere conquistar a alguien sin saberlo aún, se puso a freír ajo y cebolla.

Capítulo 19

La sirena de un camión de bomberos la despertó más temprano que de costumbre. Se quedó sentada unos instantes en la cama, metida debajo de la manta, reflexionando. Se incorporó y luego de un enorme bostezo, llamó a su padre.

—Papá, tengo que hablar contigo —dijo largando un suspiro. Había dilatado esa llamada varios días. Su padre rio por la formalidad de sus palabras y le indicó que era todo oídos.

—Una muchacha me ha estado siguiendo durante meses. Diría que me hostiga, por redes y en persona. Había pensado que se trataba de una fanática, porque así me lo hacía sentir, pero hace unos días me reveló que tiene un romance… contigo…

Tragó saliva y esperó alguna respuesta o reacción de su padre. Pero nada hubo así que continuó.

—Se hace llamar *Nubecita*, no sé su nombre real, pero seguro sabes de quién estoy hablando.

—No tengo ni idea de qué me hablas. ¿Y vos cómo estás? Yo acá estoy haciendo una torta que me pidieron tus hermanos. No sabes lo que comen, son unas bestias, me van a dejar en bancarrota si siguen con este trajín.

Se sentía del otro lado de la línea que Jorge batía.

—¡Eh! No me cambies de tema. ¿La conoces? ¿Tienes una amante? Esta chica dice que quiere ser mi amiga, es muy enfermizo.

—No le des importancia. Mira, la fama puede traer de todo. Te diría que te vengas unos días a despejarte. Aprendí a hacer *cheesecake*, como lo hacía tu madre.

—Basta de hablar pavadas. Quiero que reconozcas que sabes de quién te estoy hablando. Ella sabe tu nombre.

—Eso cualquiera lo puede averiguar.

—¿Dónde? ¡No inventes! Me tomas por tonta, ¡ella sabe tu nombre! —gritó con furia.

—Dicen que va a estar soleado el fin de semana. ¿Por qué no vienes?

—¿Me estás tomando el pelo? ¡¿Acaso no escuchas lo que te estoy diciendo?!

Jorge no estaba acostumbrado a que Rebeca le hablara de aquella forma, y menos con ese tono de voz, tan agresiva y demandante y por ese motivo le dijo que cortaría el teléfono si le seguía gritando.

—Me estás mintiendo en la cara. Me repugna saber que te acuestas con una mujer tan joven. No pienso ir ni ahora ni nunca.

Al cortar el teléfono se largó a llorar como una gran tormenta embravecida. Haber perdido la confianza en su padre se había convertido en su peor pesadilla. Quería hablar del tema con cualquiera que pudiera entenderla, pero era demasiado grande la vergüenza.

Puso música a todo volumen mientras ordenaba su casa, furiosa con su padre por mentirle y con Martín por no intentar nada con ella la noche anterior, y cantó a viva voz, al tiempo que las lágrimas caían de a torrentes.

Capítulo 20

A pocas cuadras de su vivienda, en una casa ubicada con vista a la rambla, vivía Sam con su tía, la señora Débora, una mujer de setenta años que nunca había tenido hijos propios pero sí había criado a los ajenos. Casi todos sus sobrinos habían vivido bajo su techo por cierto tiempo. Sin embargo, la que parecía no tener intenciones de mudarse era Sam, que ya hacía tres años que vivía con la mujer. Se trataba de una señora de modales altaneros, que vestía magníficamente y que andaba siempre con sus labios pintados de rojo. Se complacía de su extrema palidez y nariz con forma de botón, ligeramente hacia arriba. Para la edad que tenía, ninguna arruga asomaba en su rostro o cuello, y aunque se podían percibir unas manos cuidadas, tenía ciertas arrugas y pecas producto de la vejez. Débora no era de las mujeres con las que una persona se sintiese a gusto charlando de la vida, pero tenía gran habilidad para la cocina y una hermosa casa bien decorada y cómoda. Este era motivo suficiente para que Sam continuara viviendo en su morada, puesto que le alcanzaba para ahorrar y comprarse en el futuro su propia vivienda.

Rebeca y Samanta habían estado hablando de diversos asuntos, cuando Débora preguntó de pronto:

—¿Ahora que eres famosa, seguirás bebiendo mis chocolates calientes o acaso prefieres que te los sirva un profesional?

—Ya sabes que no he cambiado en nada —contestó Rebeca molesta.

—Bien —dijo esbozando una sonrisa, al tiempo que se retiraba de la sala. Las amigas cruzaron miradas pero no hablaron del tema en cuestión; no era la primera vez que la tía de Sam se dirigía a alguna de ellas de esa manera.

Como era de esperarse, la tía apareció de nuevo empujando una mesita con ruedas donde llevaba dos tazas de origen japonés, con un chocolate caliente espeso y cremoso. Además, galletitas y barquillos dispuestos en dos pequeños platos haciendo juego.

—Gracias, tía.

—No te hubieses molestado. Tienen muy buena pinta.

—Claro que sí, que lo disfruten —dijo retirándose a sus labores.

—Y bien, ¿me vas a contar porqué andas tan malhumorada? —preguntó Sam llevándose la taza a los labios.

—Mi padre tiene una amante.

—¡Ufff! Todo un galán—dijo Sam estallando de risa.

Un poco reticente al principio, Rebeca terminó contándole todos los pormenores del asunto, mientras Sam no dejaba de lanzar exclamaciones de sorpresa.

Luego el teléfono celular de Rebeca sonó y al ver de quién se trataba mostró a su amiga la pantalla del aparato donde se leía: papá.

—Ya atiéndelo, mujer, no seas boba.

—Me mintió, ya te lo dije, no pienso hablar con él.

A pesar de que su amiga la fulminó con la mirada, ella no atendió el aparato y este dejó de sonar.

Acto seguido se largó a llorar.

—Tranquila, tranquila —dijo su amiga abrazándola.

La tía Débora, al sentir sollozos, se acercó para ofrecer más chocolate caliente, cosa que ambas aceptaron gustosas.

—Y en cuanto a galanes se refiere —dijo Sam riéndose—, ¿qué has sabido del rey de los galanes? ¿Acaso lo has visto?

Rebeca le contó sobre el contrato en *Clarks* y los encuentros que había tenido con Martín.

—Noto cierta luz en tu mirada. ¡No puedo creer que se acostaron!

Rebeca solo resopló y bebió un largo sorbo de chocolate.

—Claro que no, por ahora no.

Su casa olía a Martín. Esto la confundía pero le encantaba. Tenían una relación extraña y en cada poro de su piel sentía que no debía embarcarse por ese camino, pero la realidad es que tenían química y se la pasaban muy bien juntos. Decidió enviarle un *WhatsApp*: ¿Cómo estás?

Martín, que se encontraba con una compañera de trabajo tomando unas copas en un bar cercano a *Clarks*, se sonrió y le contestó: Muy bien, ¿y vos?

—¿Quieres venir a cenar a casa? Pensé en hacer lo que tanto te gusta, lasaña.

—Qué delicia. Hoy no puedo, estoy bebiendo una cerveza con una amiga y ya quedé en cenar con ella, pero puedo ir mañana.

—Lamento la interrupción. No te preocupes, hablamos en estos días.

—Mañana te llamo.

—Es igual.

En su casa, Rebeca maldijo por haberlo contactado. Le brotaban los celos pero más la bronca por no entender del todo esos sentimientos que la invadían. Enojada consigo misma, decidió pedir una pizza a domicilio, y bebió mientras esperaba una copa de Martini. En la televisión pasaban *Como si fuera la primera vez*, que ya se la conocía de memoria, pero la volvió a ver y volvió a llorar como la romántica que era.

Mientras tanto, la amiga de Martín comenzaba a ponerse mimosa y aunque le encantaba, por algún motivo desconocido, sus pensamientos habían quedado con Rebeca.

—¿Qué te parece si nos salteamos la cena y vamos a casa?

—¿Y por qué no? —dijo sonriendo Martín, después de todo no debía dar explicaciones a nadie. Bebió rápidamente lo que le quedaba de cerveza, pagó la cuenta y, tomándola de la cintura, caminaron hasta el Mercedes estacionado afuera.

Al otro día, temprano por la mañana, recibió la llamada de la editorial con la que estaba trabajando que la convocaba a participar de la feria del libro que se llevaría a cabo al otro día. Rebeca ya sabía hacía meses de este evento pero debía cumplir con algunas pautas e indicaciones, referentes a cronogramas y ubicación de su *stand,* así como al horario en el que daría una breve presentación de su libro y firmaría autógrafos, y la editorial debía confirmar que ella sabía todo lo que debía saber.

El año anterior, la feria del libro había sido un éxito puesto que su *libro No llores que te escucha el lobo feroz* estaba posicionado en el primer lugar de ventas en su país y en varios países de América Latina. Temía que este año sucediera todo lo contrario. No podía creer lo rápido que había pasado el tiempo. Añoró aquella época en que no podía caminar por la calle por la cantidad de personas reconociéndola y pidiéndole para tomarse fotos. A pesar de seguir siendo conocida, lejos estaba de ser aquella *Super Star*. Concluyó que lo mejor era llamar ese mismo día a la editorial de España para averiguar qué novedades había sobre sus presentaciones por aquel continente, a ver si podía volver a escalar en algún lugar. Aunque las ventas iban bien, lejos estaba de ser la *bestseller* del año anterior. Culpó por esto a la editorial por no hacer suficiente publicidad.

Necesitaba irse cuanto antes a España para aclarar sus ideas. Quizás el reencuentro con Guillermo pudiera hacer que todo volviera a acomodarse.

Al otro día, Rebeca estaba cumpliendo con su deber, ordenando su *stand* y charlando con algunas escritoras y editoras que ya conocía. La gente comenzó a llegar ni bien abrieron las puertas a las nueve de la mañana. Hacia el mediodía se marchó a su casa para descansar y recargar pilas, para volver a las tres de la tarde, hora en que haría la presentación de su libro. Tanto su padre como Martín sabían de este evento, pero Rebeca prefería que lo olvidaran para poder concentrarse en lo que debía decir. Su presencia entorpecería todo, pero aquella instancia era muy importante para ella así que pensó que fuera lo que fuera que debiera pasar, lo dejaba en manos del destino.

Aunque estaba acostumbrada a brindar ese tipo de charlas, no podía impedir los nervios e inseguridades que siempre aparecían. El momento de la verdad, se decía internamente, cuando se lanzaba a aquello que era como un nuevo precipicio cada vez. No podía comprender cómo no podía dominar sus emociones, cómo no podía calmar su mente, que no dejaba de presentarle bochornosas imágenes como mecanismo de defensa. Nunca había sentido pánico, pero sin excepciones, llegado el momento, su corazón empezaba a bombear con más fuerza y un zumbido comenzaba a silbar en sus oídos.

La tarima donde hablaría era de unos tres metros de largo, dispuesta en uno de los extremos de la habitación. Había dos micrófonos conectados, uno para ella y otro para su editor. En el medio, tres montañas de su libro, y varios en exhibición, apoyados en láminas de acrílico. La portada azul con letras blancas llamaba la atención, pero lo más interesante era el diseño de una mujer desnuda con una serpiente enroscada.

El editor era Juan, un hombre que llevaba encima más años de los que tenía, de barba larga y tupida, bien blanca. Hiciera frío o calor, siempre llevaba una boina en su cabeza, de lana o de lino según la ocasión. Para ser la cara visible de una editorial, era un hombre poco elegante y preocupado por su estética. Una gran barriga blanca siempre asomaba por debajo de su camisa. Aunque se trataba de un hombre sociable, no era simpático y sonreía poco o nada. Rebeca había compartido pocas instancias con él, pero las suficientes como para preferir a su compañera Laura, que era todo lo opuesto. A último momento le habían avisado que Laura no podría asistir, así que la presentación la haría junto a Papá Noel.

Hacia las tres de la tarde ya había unas veinte personas en el recinto, todas sentadas en sillas de madera.

"Suerte en tu presentación. Enhorabuena", le envió Guillermo. Rebeca, complacida porque lo había recordado, le contestó con muchos emojis.

—Hola, querida, te ves preciosa —le dijo su padre, y la abrazó a la fuerza, sacándola de su embobamiento con el español.

—Hola, papá, gracias por venir, pero ya tengo que subir —dijo indicando la tarima.

Su padre sonrió, orgulloso de su hija. Algunas lágrimas estaban a punto de brotar de sus ojos, cuando se acercó Samanta a saludar.

—Como todos los años en el mismo lugar —bromeó Sam

—Hola, qué gusto verte —le dijo dándole un beso en la mejilla.

—¿Y los muchachos bien?

—Sí, se quedaron en casa. Viste cómo son.

Sam sonrió. Bien sabía cómo eran los hermanos de Rebeca. Buenos muchachos, pero no se involucraban en ese tipo de actividades. Ambos se sentaron en la primera fila. Rebeca desde la tarima les sonreía agradecida. A unas sillas alejada de Sam se sentó Felicitas, quien en ese momento tiraba besos al aire para que Rebeca la viera.

A las tres en punto, Juan comenzó a hablar, dando la bienvenida a los presentes y brindando una breve introducción sobre el trabajo de la editorial y las últimas novedades. Acto seguido tomó la palabra Rebeca, quien también agradeció su presencia y les dio la bienvenida.

De a poco comenzó a sumarse gente hasta que la sala quedó completamente llena. De tanto en tanto, Juan intervenía haciendo alguna acotación o chiste, o alguien del público hacía una pregunta.

Al finalizar, algunos se acercaron a saludar, y luego se armaron dos filas, para acercarse a comprar el libro o solicitar un autógrafo a la autora. Como sus libros iban dirigidos en su mayoría al público juvenil, gran parte de los presentes eran adolescentes de entre dieciséis y veinte años, eufóricas por estar en presencia de su ídolo, a quien seguían en redes sociales, claro está, y en todos los eventos en los que esta participara. Se hacían llamar el Club de Fans "Feroz", haciendo referencia al libro que la había lanzado a la fama.

A pesar del bullicio que causaban las jóvenes fanáticas, y los *flashes* y pedidos permanentes de *selfies*, el ambiente era alegre y familiar. Jorge se ponía al día con las amigas de Rebeca, Juan charlaba con algunos periodistas, y otras personas del público hablaban entre sí.

Desde la tarima pudo ver a Martín. Trágame tierra, pensó. Le empezó a temblar la voz y el latido de su corazón la invadió.

Era imposible no verlo, tan alto y musculoso, suspendido en la puerta como si se tratase del guardia de seguridad. Ese día, por ser sábado, vestía unos vaqueros y una remera de algodón gris. Su pelo no iba engominado, sino que iba un poco ondulado, al natural. Al intercambiar miradas, él le guiñó un ojo, cosa que hizo enrojecer a Rebeca. Enseguida bajó la mirada y continuó firmando autógrafos.

Cuando la gente se empezó a dispersar, volvió a levantar la vista buscando a Martín, que no se encontraba por ningún lado. Sintió congoja pero se distrajo con una señora que le vino a decir lo agradecida que estaba con ella por haber ayudado a su hija a salir de una fuerte depresión amorosa. Rebeca la escuchó un poco consternada, asintiendo de vez en cuando para ser respetuosa pero no prestando demasiada atención en la historia que le contaba. Cuando volvió a alzar la vista, fue fácil identificar a Martín que charlaba con su padre y Sam.

Cortésmente despidió a las personas que continuaban junto a ella y se acercó a su padre y amigos. Estos la recibieron con alegría y abrazaron y besaron de forma efusiva. Luego emprendieron la marcha hacia el restaurante, donde brindarían por Rebeca. Sam y Jorge tomaron la delantera, compenetrados en su charla, mientras que Martín esperó a Rebeca.

—Estuviste fenomenal, te superas cada año.

—Muchas gracias, no es para tanto.

—Me vas a tener que disculpar pero no voy a poder acompañarlos. Tengo que terminar de redactar un contrato importante que debo entregar el lunes.

Rebeca, molesta, pensó en decirle que tenía todo el domingo para hacer eso, que era más importante compartir lo que quedaba del sábado con ella, pero se contuvo. Con su mejor sonrisa fingida le agradeció por presentarse a saludar y se despidieron. Luego comenzó a trotar para alcanzar a su padre y Sam, que ya llevaban una cuadra de ventaja.

No podía quitarse a Martín de la cabeza, pero con la presencia de su padre y la cena con sus amigas, tenía cosas más interesantes en qué pensar. Gracias al brindis que hicieron por ella, Felicitas y Sam volvieron a encontrarse luego de meses de estar enemistadas.

Hasta último momento pensó que Felicitas evitaría concurrir al restaurante donde la había citado. Sin embargo, apareció radiante y con una hermosa sonrisa. Quizás hubiera que limar algunas asperezas pero por lo menos habían podido compartir un momento juntas sin gritarse o tirarse alguna indirecta. Y aquello para ella fue más que suficiente para hacerla feliz por el resto del año.

Por otra parte, el hecho de que hubiera podido festejar también con su padre hizo que olvidara al menos de momento, que estaba enojada con él por todo el asunto de *Nubecita*.

Capítulo 21

Martín se encontraba levantando unas pesas y pensando en Rebeca cuando sonó el celular. Era su jefe. "Maldito pesado, ni un domingo me deja en paz", pensó molesto. Se secó el sudor del rostro y contestó.

—Martín, querido, espero no molestarte.

—Ajá.

—Te quería comentar que nos llamó el viernes un tal Hermida en representación de tu noviecita. Parece que van a aceptar el trato, siempre y cuando consideremos algunas condiciones. No creo que sea nada complicado pero vas a tener que pasar por su despacho lo antes posible. Quiero cerrar este acuerdo antes de fin de mes. Ahora te paso la dirección por *WhatsApp*. Hasta luego.

Nunca un "gracias", ¿no? maldito hijo de puta, dijo al cortar y lanzar el teléfono, que fue a parar al sofá. Volvió a donde estaba antes, a levantar pesas y a pensar en Rebeca pero más cabreado que nunca. La muy zorra no le había mencionado que había contratado a un abogado. ¿Cuántas cosas más le estaría ocultando?

Enfadado, recordó la última pelea con Rebeca antes de separarse de forma definitiva. Ella le había dicho, *tú eres como un magnífico paquete que uno recibe para su cumpleaños, con el papel brilloso, de colores plateado y dorado y una gran moña. Te imaginas lo hermoso que va a ser el contenido, pero no, ¡no vayas a caer en la trampa! Al abrirlo te encuentras con un insulso par de medias. Así de decepcionante. Eres un regalo decepcionante.*

Al decir esas palabras tan hirientes, ella se subió a su auto y se marchó. Y a pesar de los años que habían pasado, aquel momento y aquellas palabras saliendo de los labios de su amada, marcaron a Martín para siempre.

Capítulo 22

Los días habían pasado sin grandes novedades, enfocada en su escritura no había salido más que hacer las compras al supermercado. Hacía días que no tenía noticias de Martín, pero tampoco era cosa que le quitara el sueño. Ya sabía por el doctor Hermida que él había concurrido a su despacho para dialogar sobre algunos términos del contrato, y por palabras de su abogado, todo iba viento en popa.

Ese día Rebeca decidió limpiar su apartamento y pasar cera en el piso, por lo que puso música a todo volumen y comenzó con las tareas. Este tipo de actividades le servían para relajarse y desbloquear su mente de los ruidos diarios.

Cuando ya estaba terminando, se descalzó para poder hacer lo que más le gustaba: patinar por la casa. Le hacía recordar cuando su abuela enceraba los pisos y ella, siendo una niña, se ponía una franela en cada pie y bailaba en la sala para sacarle brillo a los pisos de parqué. Su abuela la alentaba a hacerlo y bailaban juntas o se movían como bailarinas de *ballet*.

Por la música no pudo oír el primer *ring*. Para el segundo bajó la radio y aguzó el oído. Al tercero se percató de que efectivamente estaban tocando el timbre de su casa, por lo que sin meditarlo demasiado fue a abrir. Para su sorpresa, se trataba de la misma chica que venía hostigándola hacía meses.

—¡Cómo te dejaron pasar! ¡Qué haces acá! —gritó molesta, y antes de que la chica alcanzara a responder, intentó cerrar la puerta. Sin embargo, *Nubecita*, más veloz, con un empujón se introdujo dentro del apartamento. Rebeca no podía dar crédito a lo que veía. Comenzó a insultarla y a decirle todo tipo de improperios para que se marchara, pero la chica no estaba dispuesta a hacerlo. Sus ojos se encontraban rojos e hinchados, como si momentos antes hubiera estado llorando, y su mirada se hallaba perdida, tal vez por estar bajo el efecto de algún estupefaciente.

—Tu padre me ha dejado —fue todo lo que dijo cuando al fin Rebeca dejó de gritar.

—¡¿Y a mí eso qué me importa?!

—Debería, si es que te importa tu padre.

—Tú no eres nadie como para venir a hablar de mi padre. Ya vete de mi casa —dijo indicando la puerta que se encontraba entornada.

—Yo no soy nadie sin tu padre, y tú eres la culpable.

—¡¿Ehhh?!

—No te hagas la desentendida. Éramos felices hasta que metiste tus narices donde no te importaba. ¿Acaso piensas que no me enteré de lo que hiciste?

Rebeca se encontraba perpleja escuchando los reclamos de la chica que no paraba de hablar, caminando de un lado para otro. Continuaba sin comprender cómo hablaba de su padre de esa manera, con tanto amor pero a la vez con tanta obsesión, y que encima la hiciera responsable por su fracaso amoroso. Llegó a pensar por un momento que quizás la chica tenía razón y se había metido donde no debía, pero aquella noticia había sido muy fuerte para ella, sobre todo teniendo en cuenta la diferencia de edad entre ellos.

No podía verla como una acompañante de su padre. Su lógica no le permitía entender eso; algo tan simple y a la vez tan complicado. Abstraída en sus pensamientos, solo veía sin ver y escuchaba sin escuchar. La chica hacia gesticulaciones y caminaba de un lado a otro del living donde se encontraban. Estaba nerviosa, no paraba de moverse y de alzar los brazos, de acomodarse el pelo. Llevaba al hombro una mochila que la dejaba en el sillón y al mismo tiempo se la volvía a colgar, para luego volver a dejarla en el sillón, y volvérsela a colgar.

—Yo te conté todo porque quería que fuéramos amigas.

—Ya te dije que nunca podríamos serlo —contestó harta de volver a hablar de lo mismo.

Rebeca tomó su celular y le escribió a Sam: *En el apto la amiguita de papá. Ven urgente.*

Sin embargo, Sam, que trabajaba de odontóloga a pocas cuadras del apartamento de Rebeca, en ese momento se encontraba con un paciente y no vio el mensaje.

—Mi madre también falleció cuando era una niña. Teníamos eso en común como para empezar a charlar. Pero nunca te interesaste por mi historia, ni siquiera sabiendo que tu padre me quería, ni por respeto a él me aceptaste.

—A mí no me culpes de tus desgracias. No te conozco ni me interesa hacerlo. Te pido encarecidamente que te vayas, de lo contrario tendré que llamar a la policía.

—Estamos hablando en buenos términos, no creo que estés en condiciones de amenazarme.

—Ahora entiendo —empezó Rebeca a reír perturbada—, tú me mandaste las fotos de mi padre esposado a la cama. ¡Claro! Soy una estúpida. Fuiste tú.

La chica no contestó, pero en sus labios se formó una leve curvatura, y su mirada, que hasta el momento se había encontrado perdida, de pronto obtuvo un brillo especial.

— ¡Si serás zorra! ¡Ya esfúmate de mi vista! —gritó empujándola.

—Me da mucha risa que pienses que puedes echarme—dijo muy calmada y de pronto comenzó a reír a carcajadas.

Por primera vez Rebeca tuvo miedo de que pudiera pasar algo. Al empujarla, se sintió una estúpida puesto que al no tener calzado, se resbalaba en el piso y le resultaba muy difícil mantenerse en pie. La muchacha continuaba riendo y sin intenciones de moverse del lugar.

—Si no te vas, comenzaré a gritar.

—No tengo miedo de lo que puedas hacer.

—¡¿Qué es lo que quieres?!¿Qué querías lograr con esas fotos? Maldita psiquiátrica, ¿a qué viniste?

—Al fin haces la pregunta correcta —contestó con parsimonia. Haciendo el más mínimo caso a los reclamos de Rebeca, la chica cerró con llave la puerta de entrada y se sentó en el sofá. —Arruinaste nuestra relación, lo mínimo que puedes hacer es enmendarla. Quiero que llames en este momento a tu padre y le digas que no te interpondrás entre nosotros y que si él es feliz conmigo, entonces tú también estás feliz. Y claro, que estás dispuesta a que seamos amigas ¿Entendido?

—No pienso hacer eso.

—Creo que no estás entendiendo. No tienes alternativa.

Al escuchar esas palabras, Rebeca comenzó a gritar: ¡policía, policía, auxilio!, mientras *Nubecita* solo reía, divertida con la reacción de la muchacha.

—Te lo voy a decir de manera que lo puedas entender. O llamas a tu padre ahora mismo —dijo alcanzándole su teléfono—, o haré todo lo posible para que la reunión tan importante que tienes mañana a las diez de la mañana se vea interrumpida para siempre. No solo morirán tus sueños.

Los ojos de Rebeca se abrieron bien grandes, y le contestó con la voz quebradiza:

—No serías capaz.

—¿Quieres hacer la prueba?

Rebeca estaba desesperada por encontrarse ante una situación imprevista y frente a una persona tan mal psicológicamente que podría atentar contra su vida o la propia en cualquier momento. Incluso pensó en que podría matar a su padre. ¿Sería capaz? Mientras la chica la miraba con ojos amenazantes y continuaba alzando el aparato para que Rebeca hiciera lo que le pedía, esta no podía dejar de pensar en que sí podría atentar contra la vida de su padre. No sería la primera vez que una persona que amara sin ser correspondida, actuara de esta manera. Por otro lado, pensaba en que si le llegaba a hacer algo, aunque fuera solo atarla a una silla, impediría la firma de ese contrato que venía negociando hacía varios meses.

—¿Y cómo te enteraste de la firma de ese contrato? —preguntó para ganar tiempo, observando a su alrededor, buscando algún objeto que pudiera utilizar para defenderse.

—¿Acaso importan esos detalles? Sé todo sobre ti, vengo siguiéndote hace meses. ¿Qué más necesitas para darte cuenta?

El rostro de la muchacha cada vez más se iba transformando en una máscara malévola. Sus hermosos ojos verdes y la belleza de su rostro se tiñeron de una sombra y una energía funesta, que hacía temblar cada parte del cuerpo de su víctima. Esta comenzó a gritar nuevamente, pero esta vez los gritos eran desgarradores, el timbre de voz era agudo y hasta la propia Rebeca se asombró de su fuerza.

Ricardo era el único que podía escuchar sus gritos. Había sentido el ascensor cuando *Nubecita* subió y al mirar por la mirilla vio que se trataba de la chica que él ya había visto una vez intentando entrar a su apartamento. Recordó que Rebeca había querido evitarla a toda costa, y por tal motivo, se mantuvo todo el tiempo pegado a la puerta, intentando escuchar lo que sucedía con su vecina. A pesar de los primeros gritos pensó que no era para alarmarse, en ese momento, por primera vez sintió escalofríos y decidió llamar al *911*.

Los minutos pegados a la puerta se le hacían eternos, por lo que decidió salir al pasillo a escuchar qué estaba sucediendo dentro del apartamento. Aparentemente había forcejeo, y concluyó que su vecina podría estar en peligro. Decidió golpear la puerta para persuadir a la visitante a que se fuera. Sin embargo, esto pareció alterarla aún más, porque empezó a gritar que se fuera o mataba a Rebeca. A Ricardo se le puso la piel de gallina al escuchar esas palabras de amenaza, y decidió bajar a portería para dar aviso y tratar de, entre todos, hablarle a la chica para que no hiciera nada de lo que pudiera arrepentirse. Mientras bajaba, blasfemando en voz alta porque el portero había permitido que esa loca entrara al edificio, recordó cuando conoció a Rebeca.

Era apenas una adolescente de unos quince o dieciséis años. Iba con su padre, un hombre muy simpático pero con ojos tristes, cargando una caja llena de libros, y el ascensor a rebosar de valijas y más cajas de diferentes tamaños. Se llevó a Ricardo por delante en el pasillo, y muerta de vergüenza le pidió mil disculpas y se presentó como su nueva "vecinita". Aquella palabra y la picardía de su mirada y sus modales para hablar, le habían despertado mucha simpatía en el momento. Su padre enseguida se presentó y le indicó que era viudo, que tenía dos hijos pequeños de los que encargarse, así que dejaba que su palomita más grande volara por sí misma, que se mudaba a la ciudad a estudiar. Aquel comentario le había parecido lo más cursi viniendo de un hombre, pero asumió que así es como se siente un padre cuando un hijo se va del nido. Así que, quién era él para criticar. En aquella época él aún trabajaba, y recordó con agrado que los invitó a pasar a su apartamento para beber un vino que le había obsequiado su jefe por su excelente trayectoria dentro de la empresa. Habían rechazado su invitación puesto que se encontraban en plena mudanza, pero habían quedado para encontrarse al otro día.

Hacía mucho tiempo que Ricardo no recibía visitas y había esperado ese momento con muchas ansias. Para acompañar el vino, había comprado aceitunas y dos variedades de queso. Para su sorpresa, a la hora pactada los invitados no concurrieron. Que estaban muy cansados, le dijeron, y que encantados irían en otra oportunidad. Este comportamiento causó en él una enorme decepción y se juró desde ese día no invitar a nadie más a su hogar, cosa que cumplió a rajatabla. Ya había sido decepcionado antes por actitudes de otras personas, hasta que finalmente comprendió que el problema no eran las personas, sino él, por esperar demasiado de los demás. Así fue que comenzó de a poco a convertirse en el bicho raro y antisocial que Rebeca tanto conocía.

De todas maneras, tenía aprecio por ella, porque era una excelente vecina y le regalaba libros. Él no los pedía. Incluso al principio se los había devuelto de manera grosera, haciéndose el ofendido. Le había dicho en una de las oportunidades que él no era hombre que necesitara caridad. Ante la risotada de su vecina, no tuvo más remedio que ceder y desde ese día, ella había optado por dejarle un libro al mes o dos, en la puerta de su apartamento. Los libros leídos por ella, en su mayoría, los dejaba junto a la maceta que había pintado la esposa de Ricardo antes de morir, con una nota diciéndole en qué páginas estaba lo más interesante. Rebeca le había halagado la maceta en su momento, y él le había contestado que se dejara de inventar historias para alegrarle el día, que bien sabía él que la maceta era espantosa, pero era la que tenía y no pensaba gastar dinero en otra.

Pero hacía mucho tiempo que no le regalaba libros, y estaba mucho tiempo de viaje. Todo eso iba pensando mientras el ascensor descendía a la planta baja.

Mientras tanto, *Nubecita* había cambiado su rostro nuevamente al de niña buena y sollozando le decía a Rebeca:

—Estuve en tus peores momentos. Yo compraba tus libros cuando nadie más lo hacía.

—Te lo agradezco, pero estás mezclando las cosas.

—Si no estás conmigo, estás contra mí.

—No entiendo por qué me dices eso. No estoy contra ti. He puesto mi mayor voluntad en escucharte, pero te comportas de manera altanera y te presentas en mi casa…

—Necesito que seamos amigas —dijo interrumpiéndola.

—Pero es que tienes la idea fija.

—Yo te amo.

Luego de unos segundos, agregó: —Amo también a tu padre, claro está, pero es que quiero que seamos una familia los tres. Bueno, con tus hermanos también —dijo corrigiéndose y dándose un golpe en la cabeza como si aquel olvido fuera un gran error—. No me gustaría ocupar el lugar de tu madre, pero sí me gustaría que me vieran como una figura materna. Es decir, soy mayor que tus hermanos, por lo menos ellos sí podrían. Quizás. Bueno, eso me gustaría.

—Estás perturbada.

—¡Soy tuya, mi reina! Hazme lo que quieras, me rindo ante ti —dijo con voz teatral, inclinándose, apoyando una rodilla en el suelo y haciendo equilibrio, mientras con sus manos unidas a la altura del corazón, rezaba el Ave María. Aunque mantenía los ojos cerrados, las lágrimas caían por sus mejillas rosadas.

Rebeca la miraba absorta, y de alguna manera, aquel llanto y la angustia en sus palabras le tocaron el corazón.

—El Señor me guió a ti cuando más necesité consuelo. Mira—dijo sacando uno a uno los libros de la mochila—, todos tus libros los tengo firmados y dedicados. Eso quiere decir que nos conocemos hace años, pero no me has reconocido, o nunca me prestaste la atención debida.

Rebeca observó con atención las dedicatorias y firmas de cada libro. La joven le exhibía toda su colección de libros, desde los más exitosos hasta los que apenas habían vendido cien ejemplares.

—No sé qué decirte. Supongo que no me queda otra opción que creerte. Sí que eres mi fan.

—¿Y entonces podremos ser amigas?

Rebeca sabía que si contestaba lo que la joven quería, esta se iría contenta y terminaría esa reunión indeseada. Sin embargo, no sería moralmente correcto y no le gustaba mentir.

—Me siento agradecida por tu amor incondicional durante tantos años. Creo que no tengo ningún fan como tú —dijo sonriendo nerviosa—, pero todo lo que sientes por mí, en realidad no es real. Amas mis libros, a mis personajes, no a mí. Sí me entiendes, ¿verdad?

—¡No! ¡Acá la que no entiende eres tú!

El miedo se hizo demasiado intenso. Otra vez los ojos se habían oscurecido y su actitud altanera volvía a poseerla.

—¿Qué pasa, mi reina? —preguntó luego de unos minutos de silencio.

—Pensaba en mi padre.

—¿Qué pensabas? —preguntó la joven sonriendo ampliamente.

—Él me decía que me cuidara en la capital, que no le abriera la puerta a extraños. Y acá me veo yo, desobedeciendo.

Nubecita apartó la mirada.

—Pues relájate, que yo no soy un extraño. ¿Quieres algo de comer? Podemos encargar algo —dijo jugando con las llaves de la puerta.

—¿Y qué te parece si vas a buscar algo para comer? Hay un bar a dos cuadras de acá que hacen ricas…

—No digas tonterías, no te dejaré sola.

Hubo un silencio extraño. El semblante de *Nubecita* volvió a cambiar y Rebeca no se animó a hablar. Sin embargo, estaba alerta.

Durante unos minutos, *Nubecita* siguió hablando, sentada frente a ella. Las llaves se las había guardado en el bolsillo del vaquero.

Rebeca no podía dejar de pensar en que debía deshacerse de ella, pero no sabía cómo.

Levantándose, le dijo que había una torta de fiambre en la heladera, que podían comer eso. Pero antes de llegar a donde se disponía, *Nubecita* la sujetó de la muñeca, y con brusquedad la instó a sentarse nuevamente.

No sabía si sentir furia o temor. Estaba paralizada, con las orejas hirviendo y los dientes apretados.

Luego de unos minutos descubrió cómo se sentía: humillada. Aquella muchacha, linda, de hermosos ojos y delicada fisonomía, la estaba reteniendo en su departamento, en contra de su voluntad, y ella era tan cobarde que no podía enfrentarla. "Claro que la puedo vencer. Tiene el mismo tamaño que yo". Pero aunque se repetía esa idea, algo la mantenía pegada a la silla. Mientras tanto, *Nubecita* había cambiado de tema y le hablaba de su trabajo. Según dijo, trabajaba en una peluquería, y en sus tiempos libres se dedicaba al modelaje.

La expresión de su rostro volvió a cambiar. Un aire de tristeza la invadió, y comenzó a llorar. Le explicó a Rebeca, quien la escuchaba en silencio, que su madre antes de morir le había suplicado que no se metiera en ese mundo. Según lo que entendió entre tantos sollozos, la madre había sido modelo y no quería la misma suerte para su hija.

—Perdóname, mamita— comenzó a decir entre sollozos, mientras se cubría el rostro con las manos.

Una voz le decía a Rebeca que aprovechara esa oportunidad de debilidad para enfrentarla, pero no podía despegarse de la silla.

"Está muerta, maldita loca", pensó furiosa.

—¿Crees que estoy loca? —preguntó de pronto adivinando sus pensamientos.

Rebeca solo negó con la cabeza, entonces la muchacha guardó silencio, y así quedaron unos instantes.

—Creo que lo mejor es que te marches.

—No importa lo que creas.

El rostro de la muchacha se ensombreció.

"¿Qué harás ahora, maldita estúpida? ¿Qué pensabas que iba a decir?"

Nubecita fue hacia la cocina, sacó de la heladera la torta de fiambre y cortó varios trozos que sirvió en un plato. Luego sirvió agua en dos vasos.

—Ven a la mesa, es hora de comer.

Rebeca obedeció, pero no tenía apetito. Frente a ella se sentó *Nubecita*, con los brazos caídos a los costados y la cabeza levemente inclinada.

—Come.

Rebeca le dio un mordisco a uno de los trozos, cortados en fracciones muy pequeñas. La muchacha miraba atenta, sosteniendo el único cuchillo que había en la mesa.

—Has complicado las cosas —dijo, con cara de resignada.

Rebeca se limitó a comer aunque tenía un nudo en el estómago.

—¿Acaso los escritores no escriben para ser leídos? ¿Qué podría ser más gratificante que tener una admiradora que tiene todos tus libros y que ha invertido en ellos todos sus ahorros?

Rebeca no levantó la mirada de su plato. Estaba pensando que podría partirle el vaso en la cabeza. Solo debía ser muy rápida.

Al cabo de un tiempo, el sonido de las sirenas irrumpió el silencio del apartamento. Una pizca de esperanza recobró el ánimo de Rebeca.

—A lo mejor no eres tan buena —dijo sacando a Rebeca de sus pensamientos, —a lo mejor, eres mediocre pero hay gente que confía en ti y paga por tus libros. Eso no te hace buena.

Rebeca se sintió ofendida pero no respondió. "Imbécil."

—Bueno, ya está —dijo levantándose de golpe, haciendo caso omiso a que la policía venía por ella. —Es hora de que llames a tu padre y terminemos con todo esto. Fue entonces cuando Rebeca la empujó. La chica trastabilló y rebotó contra la pared de la sala. Al darse la vuelta arremetió contra su atacante.

Capítulo 23

El pinchazo fue tan punzante y doloroso como cuando la mordió el perro del vecino en su niñez. Ella solo quería jugar con él, siempre lo hacía. Pero aquella vez, el animal estaba comiendo y no le gustó que ella se acercara. La mordida fue leve y en la pierna, pero generó en ella un enorme miedo a los perros que no pudo nunca superar.

Confundida, tendida en el piso, lo único que sentía era el dolor punzante en la misma pierna, por donde esta vez, apenas por encima de la rodilla, se había introducido un arma blanca. Sus oídos se encontraban tapados y un leve pitido la aturdía. Estaba sola, y a oscuras en su apartamento. *Nubecita* había huido.

Pasado el primer *shock*, se sentó como pudo y contempló su herida. La ventana estaba levemente abierta, por donde apenas entraba una brisa que la reconfortaba. No veía demasiado. Su celular se encontraba a varios metros, sobre la mesada de la cocina, y encender la luz, en ese momento, le parecía una tarea imposible de llevar a cabo, pues no tenía fe en que pudiera pararse. Aun un poco mareada, comenzó a gritar. Nadie respondió. No veía, pero sentía la cantidad de sangre que estaba perdiendo. Se quitó la remera que llevaba puesta e hizo un torniquete alrededor de la herida, aunque bien sabía que eso probablemente no serviría de nada. Volvió a gritar. Nada.

Comenzó a respirar profundamente para tranquilizarse. No podía dejar de llorar, pensando en su mala suerte y culpándose una y otra vez por encontrarse en esa situación tan trágica. Se quitó las medias húmedas y masajeó sus dedos y su empeine. Las manos le temblaban y sentía una fuerte presión en las sienes. Le trajo recuerdos del perro, de cómo lloraba y cómo su madre desesperada la llevaba en brazos hasta su casa buscando el auxilio de su padre. Lloraba por la herida, y por los recuerdos. Sus oídos zumbaban, pero su corazón, que había estado galopando, al fin había vuelto a su frecuencia normal.

Pensó en *Nubecita*, en cómo había terminado en esa situación. "Perdóname", le había dicho ella, suplicándole, mientras sus lágrimas brotaban a mares. Le había tomado una de las manos y la había besado, humedeciéndola con sus lágrimas.

"No le cuentes a tu padre, te lo ruego".

Rebeca no escuchaba sus súplicas. Estaba aturdida, tendida inmóvil en el suelo. No la escuchaba pero sentía su presencia. Su peso sobre su cuerpo, sus lágrimas sobre su piel, la yema de sus dedos acariciando sus mejillas. Incluso creyó sentir el aliento caliente cerca de su rostro y el tacto de sus labios en los suyos.

No podía reaccionar en ese momento. Sin embargo, minutos antes había asistido a sus impulsos y se había defendido con uñas y dientes. Pero la joven era más fuerte o estaba mejor preparada, y la había derribado con un solo golpe. En su desconcierto, había logrado propinarle un puntapié en el abdomen, y luego, con la mochila que había llevado al hombro, cargada con todos sus libros, le había asestado en la cabeza. Con el golpe, Rebeca había trastabillado y caído de bruces en el suelo. Como si esto no hubiese sido suficiente, la joven atacante decidió introducir un cuchillo, una y otra vez en la carne, hundiendo el filo con fuerza, a pesar de los gritos que inundaban el recinto.

Cuando *Nubecita* comprendió la dimensión de sus actos, apagó la luz, como si de esta manera pudiera volver el tiempo atrás. Rebeca había dejado de gritar, y por un momento, la joven sonrió en la oscuridad. Luego huyó por las escaleras del edificio, sin ser vista por nadie.

La pequeña calma había vuelto después de la tempestad emocional. Quizás nunca perdonara a su padre por haberla puesto en esa situación, pero lo más importante era primero perdonarse a sí misma por ser tan egocéntrica. Durante meses había pensado que las personas le escribían para pedirle consejos o para halagarla. Hasta ese momento, no había comprendido que había muchas otras personas que pedían ayuda a gritos, que no llegaban a los oídos sordos de la gente común. Y pensó en que muchas personas no tenían los medios económicos o la contención familiar para hacerle frente a sus demonios. Se dio cuenta de que ella no era la única que sufría. Sí, había perdido a su madre, pero eso había sucedido hacía tantos años que ya no recordaba su rostro, ni su aroma. Y aunque esto fuera muy triste, había cosas peores. Ya era hora de dar vuelta la página y dejar de lamentarse. Ya había utilizado ese sufrimiento para escribir. Ahora debía ser fuerte y ayudar a otros a que superaran sus historias de vida. Después de todo, aquel encuentro con *Nubecita* podría haber sido peor. Debía estar agradecida con la vida.

En eso estaba reflexionando cuando sintió voces en el pasillo.

—¡Rebeca! —gritó el vecino.

—Acá estoy —contestó ella, con la voz tan suave que nadie logró escucharla.

Los llamados del otro lado de la puerta continuaron, acompañados de golpes a la puerta que *Nubecita* había dejado trancada con llave. Del otro lado, Rebeca seguía contestando, sin fuerza como para que la oyeran.

—¡Es la policía! —dijo una voz autoritaria

Al no escuchar respuesta, dijo— si no abre vamos a entrar a la fuerza.

Decidió moverse a buscar otra llave antes de que le tiraran la puerta abajo, pero ya era demasiado tarde para eso. Al moverse, perdió el conocimiento.

Cuando se despertó se encontró en una cama de hospital, y con vendajes en su pierna herida. Miró al techo, un poco atontada por la medicación. Había tubos de ventilación y muchas luces que le hicieron doler los ojos.

Bajó la vista y para su sorpresa, Ricardo le estaba sonriendo.

—Hola, niña.

—Hola…—titubeó— ¿Atraparon a la loca?

—Aún no. La policía está esperando afuera para interrogarla. ¿Sabe cómo se llama?

Rebeca negó con la cabeza. En ese momento entró la enfermera que la revisó y le dijo que en un rato ya podría irse.

—¿Cuánto hace que estoy acá?

—Un poco más de veinticuatro horas…, dicen que tuvo suerte, que…

—¡Oh! No, no puede ser, esa maldita loca me arruinó la vida. Me tengo que ir —dijo sacando las piernas de la cama.

—¿De qué habla? Vuelva a la cama. ¡Enfermera! ¡Enfermera!

—La hora, ¡dígame la hora!

—Son las seis. Tranquilísece, mujer.

—¡No! ¡No! mi celular, ¡dónde está mi celular!

Se bajó de su cama y revisó la ropa que estaba colgada en un perchero. Mientras revolvía entre sus cosas buscando el aparato, Ricardo le dijo:

—Tuve el atrevimiento de traerle ropa limpia. Discúlpeme que entré en su dormitorio y revisé su ropero. Pero me dio pena verla marchar en la ambulancia con la ropa manchada de sangre —dijo entregándole una bolsa.

—Te agradezco por todo. Pero, mi celular, por favor dime que lo trajiste. Perdón que lo tutee.

El aludido volvió a sonreír, y luego hizo una mueca de pena. —No lo creo. Ahora me retiro así puede cambiarse tranquila.

Mientras esperaba la autorización para retirarse, dos uniformados entraron en la habitación. Le hicieron un breve cuestionario y le hicieron firmar unos papeles con la denuncia.

Al recibir el alta médica, salió de la habitación renqueando y sosteniendo el peso de su cuerpo con una muleta, caminó unos pocos pasos hasta encontrarse de frente con *Nubecita*.

—¡¿Qué haces acá? Y entonces comenzó a gritar, mientras la muchacha le suplicaba que guardara silencio, que no la denunciara. En medio de los gritos, Rebeca creyó escuchar alguna palabra de disculpas, pero estaba demasiado cabreada y cansada como para tener compasión.

Los uniformados que minutos antes habían estado con ella ya se habían retirado del sanatorio, pero en su lugar vinieron dos guardias de seguridad del sanatorio que solo le pidieron a la muchacha que se retirara pacíficamente si no quería terminar tras las rejas. La chica, muy asustada, solo lloraba, suplicando el perdón de Rebeca, que más que su víctima era su ídolo, la persona que más admiraba en el mundo. Mientras tanto, Rebeca seguía gritando que por favor se la llevasen de su vista, que esa loca era la que había lesionado su pierna, que llamaran al 911, decía furiosa, ante la contemplación pasmada de los funcionarios, incluyendo a los dos guardias que, estaba claro, nunca habían vivido nada tan emocionante como aquel evento.

—Basta, compórtese —dijo Ricardo, que apareció de entre la multitud que comenzaba a amontonarse alrededor de Rebeca y *Nubecita*.

La ayudó a alejarse de todos los chismosos y a tranquilizarla con palabras esperanzadoras.

Al subir al ascensor, Rebeca vio cómo una multitud rodeaba a la agresora. Le tendían la mano, le tenían piedad. Es que con aquella belleza, con la delicadeza de su piel y de su sonrisa, nadie nunca pensaría que pudiera ser capaz de herir a nadie. La odió con todas sus fuerzas, y rompió en llanto ni bien se cerraron las puertas del ascensor.

Capítulo 24

En las redes sociales no se hicieron esperar los videos del escándalo del sanatorio. Así fue que se enteró Martín, quien acudió al encuentro de Rebeca lo más aprisa posible. Al llegar al apartamento, se encontró con Sam y Felicitas, a quienes saludó con desagrado. Luego abrazó a Rebeca con tanta fuerza que esta le tuvo que pedir que la soltara.

—Vine lo más rápido que pude, apenas me enteré —dijo volviéndola a abrazar,—qué susto me diste.

—Fue en la pierna. Podría haber sido peor —dijo zafándose de sus brazos y volviendo a su lugar en el sillón.

—Cuando no llegaste a la reunión me di un susto tremendo; pensé que te habías arrepentido.

Rebeca lo miró con las cejas levantadas, sorprendida por una conclusión tan tonta.

—Es el sueño de mi vida. ¡Claro que me había sucedido algo!

—Me lo imaginé cuando llegó el doctor Hermida solo. Él tampoco entendía tu ausencia. Dijo que habían quedado en encontrarse en el estacionamiento, pero al no aparecer ni contestar sus llamados, decidió subir. El señor *Clarks* estaba furioso, pero terminó por entender que algo te había sucedido y dejaron la reunión en suspenso. Supongo que mañana es conveniente que te comuniques.

—Sí, ya hablé con mi abogado. Lo llamé ni bien llegué a casa. El pobre estaba preocupado, pero quedó en coordinar otra reunión.

—Está bien. Me alegro —dijo y la volvió a abrazar.

—Me siento tan avergonzada.

Martín la volvió a abrazar y Rebeca lloró, sintiéndose acogida en ese abrazo cálido.

Mientras tanto, Sam y Felicitas bebían y comían unos sándwiches, entretenidas con su propia conversación.

—¿Y ustedes cómo se enteraron? —preguntó intentando simular su malestar.

—No te pongas tan celoso. Date cuenta de que no eres un superhéroe —contestó burlona Sam.

—Yo me enteré por Sam —dijo Felicitas para apaciguar las aguas—, y Sam se enteró por el portero. Rebe le había enviado un mensaje de auxilio pero la muy tonta no llegó a tiempo. Sam la fulminó con la mirada.

—Sí, alborotamos el edificio.

Las tres mujeres volvieron a reír, mientras el muchacho las observaba pasmado.

—No entiendo de qué se ríen, esto no es nada gracioso. Por el contrario, es muy grave. Te han atacado en tu propio hogar, que debería ser sagrado e inviolable.

Las chicas volvieron a reír, esta vez con más ganas, lo que ocasionó un repentino rubor en Martín.

—Te veo estresado. Tómate una —dijo Sam sirviéndole una copa de vino, que él agradeció.

—¿Y cómo fue qué sucedió? ¿Era una fanática?

Al preguntar quién era aquella loca, las tres chicas comenzaron a reír a carcajadas. Eso era lo más absurdo, y Martín no estaba enterado aún de que se trataba de la posible noviecita de su padre. Hasta el momento, Jorge no estaba enterado de la situación y Rebeca no tenía intenciones de avisarle por el momento.

Cenaron y brindaron por su pronta mejoría, mientras el conserje arreglaba la puerta de entrada, que había sido destrozada por la policía al entrar. Luego de que Sam y Felicitas se despidieran, Martín ayudó a lavar la vajilla y a ordenar el apartamento. De tanto en tanto lanzaba algún comentario de reclamo por no haber sido informado de la situación vivida.

A pesar de que ya se había limpiado el piso, había zonas donde aún se veían las salpicaduras de sangre. Pasó de nuevo un trapo en el piso y quitó algunas manchas rebeldes de los zócalos y las paredes. Cuando hubo terminado, ayudó a Rebeca a cambiarse. Estaba dolorida a pesar de estar tomando varios analgésicos. Martín la veía más hermosa que nunca, aunque estaba ojerosa y olía a desinfectante. Un aire protector le brotaba de los poros. Por alguna razón no quería dejarla sola, y continuaba limpiando, aplazando el momento de su partida.

—¿Necesitas algo más?

Rebeca negó con la cabeza. Acostada en su cama, solo le agradeció su preocupación.

—¿Dejo la puerta sin llave?

Ella dijo que se trancaba sin llave. Que había cambiado la cerradura ni bien volvió del hospital, porque aquella situación tan espantosa podría haberse evitado si hubiera tenido esa cerradura. Él le dio la razón, e intercambiaron algunas sonrisas. Entonces él le dio las buenas noches y se despidió.

Él hubiera deseado que lo invitara a quedarse, y ella que él hubiese sido el Martín de siempre, el que no pide permiso, el que se queda aunque nadie lo invite y se mete en la cama con su encanto y su enorme sonrisa, que termina por convencer a cualquiera. Pensó que estaba mal acostumbrada, siempre esperando que él tomase la iniciativa. Ni el uno ni el otro hicieron comentarios y entonces cada uno durmió en la soledad de su cama, pensándose mutuamente.

Capítulo 25

La noche dio lugar al día y Rebeca no había dormido casi nada, dolorida la mayor parte del tiempo y pensando en sus dilemas amorosos, pero sobre todo, en el dilema amoroso que tendría que enfrentar su padre. Por alguna razón sentía una profunda culpa por lo que había sucedido.

—Hola, pa, ¿cómo estás?

Del otro lado de la línea, Jorge se escuchaba radiante. Le contó que había empezado un curso de repostería y que en ese momento se encontraba con las manos en la masa, literalmente, pero que la llamaría ni bien terminase.

Rebeca largó un suspiro pero se aguantó de contar el motivo de su llamado. Decidió levantarse para preparar el desayuno y comprobó que había varios mensajes de sus amigas pero ninguno de Martín. Esto le causó tristeza, pero más indignación. Según su punto de vista, si la quería, tendría que haberla llamado o haber aparecido a preguntar si necesitaba algo. Sin embargo, bien sabía ella que no necesitaba nada. Dolorida y rengueando, hizo las tareas que debía hacer y se preparó para escribir.

Cada tanto volvía los dolores punzantes, pero se esforzaba para no dejar de escribir. Esta terapia le había servido para superar la muerte de su madre, y luego el gran dolor ocasionado por la ruptura con Martín. En ese momento, la ayudaba para hacerle frente al dolor del cuerpo. La escritura siempre había sido su refugio.

Todo había comenzado cuando era apenas una niña y su madre le había obsequiado un hermoso diario íntimo de hojas perfumadas y coloridas, que a diferencia de otros, tenía candado. Al concebir que nadie podría leer lo que escribía, había dado rienda suelta a todos sus miedos, ilusiones y sueños, anécdotas de sus años escolares, con amigas y noviecitos, poemas y frases inventadas. Escribía todos los días y sobre todo lo que sucedía. Al principio escribía cosas sin sentido, sobre el tiempo o su rutina, mas luego de algunos meses escribiendo, descubrió un mundo nuevo en el que podía escribir historias fantásticas y divertidas que ninguna relación tenían con su vida y que la hacían volar como nunca lo había imaginado. Al poco tiempo el diario había agotado todas sus páginas y tuvo que comenzar a escribir en cuadernos. Así, las historias comenzaron a fluir, y no había día en que su madre no la descubriera escondida escribiendo, como si se tratara de algo prohibido. Esto le había servido para desarrollar su imaginación, pero la había convertido en una niña retraída que prefería los libros antes que los juegos con otros niños.

Recordó el día que conoció a Martín. Siendo tímida como era, tanto en su niñez como adolescencia, evitaba todo evento donde hubiera otras personas. Odiaba dialogar, hablar de su vida, que le preguntasen cosas íntimas. Le costaba incluso responder cosas triviales. No solo se aburría en esas reuniones, sino que además sentía que los que la rodeaban se aburrían a su lado. Por eso evitaba todo contacto. Apenas tenía un grupo de amigas con las que se mostraba tal cual era, pero no soportaba ir a cumpleaños donde hubiera personas a las que no conocía o no tenía confianza. Mientras su madre vivía, la obligaba a asistir a toda reunión donde tuviera oportunidad de dialogar. La convencía a través de negociaciones. Así fue que desde pequeña aprendió el arte de la persuasión. Al principio terminaba haciendo lo que su madre pedía, hasta que comenzó a ser más hábil en la negociación y los discursos, y esto terminó ocasionando que se saliera con la suya. Su madre ya no volvió a insistir.

A Martín lo conoció a la edad de quince años. Él tenía dieciséis. Rebeca había asistido con su mejor amiga del momento a la discoteca de su ciudad. Era la única que recibía menores de edad, y por tal motivo no estaba permitida la venta de bebidas alcohólicas. Sin embargo, esto no era impedimento para los jóvenes, que se las ingeniaban por conseguir las bebidas por otros medios o bebían antes de entrar.

Él la invitó al bailar. Con la oscuridad dentro del local, apenas pudo percibir que se trataba de un joven alto y de espalda ancha, pero no veía su cara. Usaba una remera negra de *lycra* que resaltaba sus pectorales. Rechazó la invitación, pero Martín no es de las personas que aceptan un "no" por respuesta, por tanto continuó insistiendo, hasta que finalmente Rebeca aceptó bailar con él. La canción era *Anna Julia* y sonaba a todo volumen. Al finalizar la canción él le pidió para ir a charlar al patio, donde la música casi no se escuchaba. Junto a ellos, bailaba su amiga con otro joven. Rebeca entendió que debía irse del baile o entretenerse por sus medios, por lo cual puso un poco más de voluntad a su interacción con Martín y aceptó su propuesta.

El patio se encontraba repleto de jóvenes fumando y charlando, por lo que no había demasiado espacio para quedarse, entonces Martín la tomó de la mano y la condujo hacia un rincón. Al ponerse de frente, por primera vez vio su rostro y fue entonces que cayó rendida en su hechizo.

Lo que él terminó confesando tiempo después es que el flechazo había sido mutuo.

La tenue luz iluminó una enorme sonrisa ancha que se dibujaba brillante en un rostro pálido. Los labios carnosos y una piel suave recién afeitada. Y sus ojos. Sus ojos fueron su perdición. Eran oscuros y penetrantes, e irradiaban una picardía seductora que animaba a adentrarse en un mundo fantástico, y a la misma vez, ocasionaban un sentimiento en el corazón, de alerta, de ir con cuidado.

Intercambiaron algunas palabras y algunos besos. Era su primer contacto cercano con un hombre. Se sentía flotar en un mundo maravilloso, y él se comportaba igual de embelesado. La química fue mutua. Bailaron toda la noche y se despidieron al amanecer. Intercambiaron sus *emails* y el *Msn* de cada uno, que era lo que se usaba en aquella época, y quedaron en encontrarse al otro día en la playa a las cinco de la tarde.

Esa noche Rebeca durmió ansiosa por el reencuentro. El día se le hizo eterno esperando la hora, por lo que decidió ir antes. Al llegar, mojó sus pies descalzos en el agua fría del océano y se sentó en la arena a esperar. El sol calentaba aún a esa hora de la tarde, y la playa estaba a rebosar de gente, algunos jugando al voleibol y otros tomando sol o en el agua.

De pronto sintió su voz. —Preciosa, ¿cómo estás?

Rebeca se levantó como un resorte, y al verlo sintió que le temblaba todo el cuerpo. Era realmente hermoso. Se dieron un beso en la mejilla y se sentaron en la arena, muy juntos uno de otro. Charlaron y comenzaron a conocerse, pero él le dio la noticia de que en una hora volvería a su ciudad natal, que habían estado unos días de vacaciones y ya era hora de volver. Rebeca sintió una fuerte puntada en su corazón, y aunque intentó disimular su desilusión, él sufría lo mismo que ella, y lo captó al instante.

—Pretendo volver a verte, pero quizás no sea lo más sencillo. Lo único que te puedo decir de momento es que no voy a olvidarte.

Ella solo atinó a sujetarle la mano con fuerza.

—Me gustaría mucho que no me olvidaras.

—No lo haré —dijo levantándose. Le dio un suave beso en los labios y se retiró de la playa corriendo, mientras la muchacha lo observaba marcharse con los ojos empañados de lágrimas. Sin embargo, un impulso la hizo comenzar a correr tras él hasta alcanzarlo.

—Martín, ¡espera!

Él se dio vuelta, y aunque sorprendido, no dejó de sonreír ni un instante.

—Toma esto para el viaje, es de mucho valor para mí porque me la regaló mi abuela, y la llevo al cuello desde los ocho años —dijo mostrándole una cadena de plata con un dije que decía *Rebeca* en cursiva. Él agachó la cabeza para que se la colocara, y acto seguido besó la cadena y besó a la muchacha.

—Gracias, lo aprecio mucho.

—Esto te obligará a volver a verme, tendrás que devolvérmela.

Él sonrió pícaro y complacido, y la abrazó con fuerza. Luego volvieron a despedirse, pero Rebeca no volvió a correr tras él.

Lo que ninguno sabía en aquel momento, era que a pesar de las ganas y la intensidad de sus emociones, la vida les tenía preparados otros planes.

Rebeca se dirigió a su habitación y sacó del cajón de su mesa de luz la cadena de plata que le había entregado aquella vez. Con lágrimas en sus ojos la besó y se la puso al cuello. Se sentía sola; sin su madre y sin su abuela, con una relación extraña y distante con su padre, casi sin contacto con sus hermanos, y con un exnovio que volvía a su vida de un día para otro, pero que en vez de acompañarla, la hacía sentir más miserable. Se maldijo al pensar en eso. No debía tropezar dos veces con la misma piedra. Tenía todas las mejores posibilidades con Guillermo y en él debía enfocar sus energías. Así fue que decidió llamarle y contarle lo sucedido con *Nubecita*.

Sin embargo, mientras hablaba con él pensaba en Martín. Se dijo que bien podrían enloquecerse y enamorarse de nuevo, porque las mejores cosas a veces suceden sin ser planeadas. Su amiga Sam siempre decía que había que dejar fluir, y así lo haría en adelante. El problema es que cuando dejas fluir pero no tomas acción en nada, entonces es probable que nada suceda, o por lo menos no sucederá lo que esperas.

Decidió volver a llamar a su padre.

Capítulo 26

El padre no podía creer que recién después de dos días se venía a enterar de que su bebé —siempre lo sería para él—había sido agredida y que nadie le hubiese avisado. Rezongó y blasfemó por lo alto, y le dijo que iría a verla ese mismo día.

Al cortar con él, Ricardo tocó el timbre.

—Hola, vecina, solo quería saber si precisa algo.

—Nada. Estoy mejor, gracias.

—Ha salido en las noticias.

—¿En serio? —preguntó perpleja, esperando más información.

—Yo no soy persona amiga del conventillo. Si quiere información ya sabe que prende la televisión y asunto terminado. Me avisa si necesita algo —dijo entregándole un *tupper* con pascualina.

—No se hubiese molestado, estoy bien.

—Shh, no sea impertinente. Tome, y hasta luego.

Rebeca lo vio entrar en su apartamento y escuchó el ruido de la llave en la cerradura. Miró el *tupper* y volvióa introducirse en su casa. Había vuelto a ser el viejo cascarrabias, pero con un corazón bondadoso, se dijo sonriente al comer el primer bocado.

Al llegar su padre, tres horas después, abrazó a su hija con tal fuerza y desesperación como si ella hubiese estado al borde de la muerte, y volvió a reclamarle por no haberlo llamado antes.

Luego de examinarle la pierna, aun sin saber nada de medicina, opinó que aquello no tenía buena pinta y que debían llamar al médico. Rebeca se negó a hacerlo y entraron en una discusión sin sentido que terminó solo cuando la muchacha le dijo que la agresora era nada más ni nada menos que su novia.

Jorge la observó con los ojos como platos y se sentó en la silla más cercana. Rebeca vio en su rostro el horror y la desesperación. Él comenzó a quejarse de que se sentía mareado y que debería acostarse unos momentos, pero ella sabía que esa era la única oportunidad que tenia de zanjar el asunto. Le sirvió un vaso de agua, y al entregarlo en sus manos, acercó una silla junto a él y se sentó, con la vista fija en sus ojos. Muy seria le dijo:

—Es momento de terminar con las mentiras, papá. Esto podría haber sido peor.

El padre la evadía. Sus ojos se movían inquietos de un lado a otro como pidiendo auxilio a alguien que no estaba presente.

—Deberías reconocer tu relación con ella solo por dignidad y por respeto a tu hija. Ya no hay nada que ocultar.

Mientras tanto, Jorge solo emitía quejidos y suspiros pero no formulaba ninguna palabra.

—No voy a juzgarte. Puedes salir con quien tú quieras, pero esta muchacha necesita tratamiento psiquiátrico. Está obsesionada contigo y puede hacerte daño. Me envió fotos íntimas, poemas que te había dedicado, y además de acosarme por varios meses en redes sociales y personalmente, averiguó donde vivo y vino a agredirme. Lo peor es que casi arruina mi vida profesional. Quizás no vino con esa idea, pero todo se salió de control. Esto podría haberse evitado, papá.

De pronto, Jorge comenzó a llorar con fuertes alaridos y el hombre fuerte al que Rebeca admiraba tanto,

189

se desmoronó en cuestión de segundos. Era puro mocos, rojo como un tomate y sus hermosos ojos celestes estaban como compota. Rebeca le alcanzó un rollo de papel de cocina y él, agradecido, se secó todos los líquidos que salían de su cara y comenzó su confesión:

—Es verdad. Discúlpame, perdóname, hijita mía, soy un tonto, un hombre grande que actúa como un adolescente. No tengo edad para hacer estas cosas. Solo pensé que podría volver a enamorarme, pero a mi edad eso ya no es posible. ¡Oh! Por favor perdóname, Beca querida.

La escena era tan espeluznante como deprimente. Rebeca nunca había visto a su padre hablar de esa manera. Le imploraba perdón, la tomaba de las manos y las besaba efusivamente, sin dejar de llorar.

—Sí tienes edad, no hay edad para el amor. Pero elegiste a una loca.

—Es que no entiendes, no lo entiendes. Discúlpame.

—¡Basta, papá! Deja ya de pedir disculpas.

—Yo solo salí algunas veces con ella. Es la hija de un amigo. Estuve mal. ¡Qué vergüenza! Un hombre grande como yo. Si mi amigo se entera…

—No es ese el asunto, papá. ¿No te das cuenta de que son los vínculos? ¿Cómo quieres que siga confiando en ti si tus vínculos me hieren?

—Qué horror, ¡Oh, perdóname! ¡Dios mío ayúdame! Ten piedad de este viejo.

Su hija lo miraba absorta por su comportamiento melodramático. Trataba de zafarse de sus manos, pero él la sujetaba con fuerza y le imploraba perdón.

Cuando su padre se hubo tranquilizado, le volvió a servir un vaso de agua, y entonces le contó que él hacía meses que no contestaba los mensajes y llamados de *Nubecita*.

—Se llama Clara —dijo—, y era una muchacha dulce, simpática y realmente hermosa. Cuando se fijó en mí, me sentí muy afortunado. Ella decía que le atraía mi intelecto, mi forma de ser, y me lo creí. Había estado tanto tiempo solo. Tú me entiendes, ¿verdad?

Rebeca asintió, dudosa.

—Compartimos muchas cosas lindas, ella se reía de mis chistes, me llevaba galletas caseras, me consentía.

Íbamos al teatro, leíamos poesía, cocinábamos juntos.
Compartíamos momentos agradables y me hacía sentir
especial. Pero después empezó a hacer comentarios de tus
libros y me di cuenta de que era una gran fanática tuya, y
había llegado a mí solo para estar más cerca de ti. ¿Tiene
sentido?

—No lo creo, pero todo puede ser.

—Cuando me di cuenta de su insistencia por saber
de ti y por querer conocerte, por querer ser tu amiga, le dije
que no quería volver a verla. No dudo que ese haya sido su
interés principal, pero en el fondo, presentía que había
despertado un amor verdadero en ella y que eso que
teníamos era real, que no era una película inventada por mi
necesidad de ser querido. Sin embargo, sus insistencias
comenzaron a darme miedo. De esto ya pasaron más de
tres meses. Te juro que no volví a verla. Ella me ha
buscado, ha aparecido por mi casa, ha dejado mensajes,
pero la he ignorado. Y por esto, por mi estupidez, mi
bebita ha sido herida.

—Esto no podías predecirlo.

—¿La denunciaste? Pobrecita, no puede terminar
presa. Solo necesita ayuda.

—Lo sé, papá. Yo no sabía su nombre así que la denuncia está incompleta, puedes estar tranquilo. Lo extraño es que ella sabía de mi reunión, que día y a qué hora seria. Presiento que esa información salió de tu boca. Quizás no la hayas vuelto a ver, pero sí han continuado con la relación, o con el diálogo.

El hombre nuevamente comenzó a llorar. A graznar como un animal, con unos ruidos molestos y graciosos.

—Perdóname, soy débil. No pensé que abusara mi confianza para hacerte daño. Me utilizó. Me siento muy mal, perdóname.

Rebeca lo observó con desprecio unos momentos, sin poder dar crédito de lo que le decía. No era la primera vez que su padre contaba cosas íntimas a terceros, pero esta vez había ido muy lejos. Al ver su rostro rojo de tanto llorar, rompió a reír de nervios, lo que ocasionó que su padre hiciera lo mismo. Se abrazaron y fue la última vez que hablaron del tema esa noche, aunque el alma se le había caído al piso. Ya nada sería como antes.

—Traje una carne para hacer al horno —dijo Jorge sacando el paquete del bolso—, ¿tienes papas?

Rebeca asintió y se acomodó en el sillón para ver una serie en la televisión que la sacara de su pensamiento recurrente y la hicieran olvidar el dolor que le causaba la herida en la pierna.

Capítulo 27

Sam y Felicitas propusieron que se vieran el viernes a las ocho de la noche en un bar de moda de la capital. Se llamaba Demodé, y se caracterizaba por hacer unos tragos deliciosos. Sin embargo, Felicitas no bebía alcohol y Rebeca esa noche solo bebió jugo de limón con jengibre.

Querían ver cómo se encontraba, pero más que nada, contarle que ya habían hablado lo suficiente como para perdonarse mutuamente.

—Pondré una tienda de ropa —dijo Felicitas. Tengo una clienta de la agencia de modelaje que me propuso ser su socia. La verdad nunca lo había pensado, pero parece ser un negocio redondo. Ella sabe mucho sobre el asunto y tiene contactos. Y dice que yo tengo mucha trayectoria en el ambiente del modelaje, lo cual es cierto —dijo riendo, al tiempo que daba un sorbo a su coca baja en calorías.

—Es una noticia maravillosa. Te felicito —dijo orgullosa Rebeca. Sus vasos chocaron y continuaron bebiendo. Sam comía con voracidad una porción de papas fritas, pese a las recomendaciones de Felicitas de hacer lo contrario.

—Mi novedad es que contraté a una asistente personal. Me sale carísima, pero me soluciona todo. La adoro —dijo Sam.

—Felicidades —dijeron al unísono las dos amigas. Y los vasos volvieron a chocar.

—¿Y qué novedades hay de la chica…, de la innombrable? —preguntó Felicitas.

—Ay, ninguna, por suerte. La verdad tengo miedo. Salí hoy porque me insistieron, pero la verdad es que no puedo dejar de pensar en que alguien me agredió en mi propia casa. No sé cómo explicarlo.

—Te sientes vulnerable, es comprensible —dijo Felicitas.

—Amiga, ya lo superarás. Has tenido muchas instancias difíciles que has superado con creces —puntualizó Sam.

—Es verdad, eres resiliente. Esa palabra que se usa tanto en estos tiempos. —dijo Felicitas.

—No va a volver a suceder, puedes estar tranquila. Y nosotras estamos para lo que necesites.

—Lo sé, muchas gracias —dijo tomándolas de las manos.

Luego de unos momentos de reflexión, agregó: de todos modos, esto me hace pensar en que hay que tener cuidado con lo que deseamos.

—¿A ver? —preguntó interesada Felicitas.

—Antes de tener éxito…, o sea, ya saben, lo que para mí era tener éxito antes de que me conociera nadie… En aquel entonces, cuando era una adolescente que apenas sabía que amaba escribir pero que no me animaba a dedicarme a eso porque cabía la posibilidad de que fuera juzgada, como cualquier persona que se dedica al arte. Nada, eso.

—¿Qué? No dijiste nada.

—Estás desvariando. ¿Será la medicación? —dijo Felicitas.

—Me explicaré mejor —dijo soltando una risotada que llamó la atención de otras mujeres sentadas a unos metros—, cuando descubrí mi vocación, eso es lo que quiero decir. Deseaba tener éxito, y para mí consistía en aquella época en vender muchos ejemplares, en tener reconocimiento entre los escritores…, y ansiaba tener un club de fans. Ya sé que suena infantil, pero para mí eso era lo más maravilloso. Admiraba a las estrellas que tenían a sus fanáticas. Sin fanáticas, para mí no eras nadie.

—Por eso dices que hay que tener cuidado con lo que deseas…, te tocó una loca que te lastimó. Era imposible que pudieras predecirlo —dijo Sam, comprensiva.

—No tienes la culpa por lo que sucedió —acotó Felicitas.

—No lo sé. Quizás sí, un poco. En cómo me he manejado en la vida, en cómo he realizado las cosas. He sido egoísta y egocéntrica. Esto que sucedió me ha puesto a reflexionar. No sé qué va a ser de mi futuro como escritora, no sé si saldrá adelante el proyecto con *Clarks*, pero decidí que haré un cambio en mi vida. No haré solo libros de ficción, sino que haré también libros que tengan un fin social, que ayuden, que pongan foco en determinadas personas que se sienten relegadas de la sociedad. Haré la diferencia.

—Está muy bien si es lo que sientes que debes hacer —dijo Felicitas.

Las tres amigas volvieron a brindar, y Sam cambió de tema.

—Camilo me ha escrito varias veces. No nos hemos visto, me estoy haciendo la difícil, pero ya van a ver, va a terminar comiendo de mi mano.

—Eres cruel —dijo Felicitas.

—Se lo merece.

—Chicas, me tengo que ir, nos hablamos, ¿ok?

—¿Estás bien?

—Sí, solo estoy cansada y me tengo que tomar la medicación. Nos vemos.

Pasaron varios días, y ya recuperada había vuelto a la rutina, a trabajar de lleno en su novela que había tenido medio abandonada y el contrato con *Clarks*. Su abogado le había comunicado que estaba todo listo y que los habían citado para dentro de siete días a la misma hora, donde firmarían el contrato. Rebeca no podía creer lo afortunada que era. Se sentía bendecida por poder vivir de la escritura, pero sobre todo porque una de sus novelas pudiera llegar a la pantalla.

El día que firmó el contrato en *Clarks* se presentó soleado y cálido. Habían sido meses intensos para ella y las negociaciones con la empresa habían durado demasiado tiempo. El doctor Hermida la acompañó en todo momento y logró un acuerdo beneficioso, con un monto alto por sus derechos de autora, y por el acuerdo por taquilla. La espera había valido la pena.

La noticia salió en todos los medios de comunicación, puesto que se trataba de los pocos casos donde el autor se llevaba una suma importante, que le daría, según relataban algunos periodistas, para vivir dignamente y sin trabajar por varios años. De todas maneras, ella sabía que su pasión era escribir y no dejaría de hacerlo, pero pensar que su libro se convertiría en película le había inflado el ego a dimensiones impensadas.

Ella sabía que Martín tenía mucho que ver en el desenlace de ese acuerdo, pero había tenido pocas instancias como para agradecerle en persona. Desde aquella última vez que la visitó en su apartamento luego de la agresión de *Nubecita*, no volvió a visitarla. Se habían visto en el bar al que concurría asiduamente con Sam. En ambas oportunidades se habían saludado de manera educada pero fría y distante. Sus ojos estaban nublados por el ego y el rencor, y por el momento, ninguno pensaba dar el brazo a torcer.

Al otro día de la firma, al mediodía, comenzó la fiesta que duraría más de doce horas. Había alquilado una casa con vista al lago, que además tenía piscina climatizada que los invitados podían utilizar si gustaban. Se trataba de una enorme casa de época, donde se habían dispuesto mesas con canapés y bebidas. A pesar de lo delicioso de sus platos, la fiesta era informal y los invitados iban vestidos como querían. En el medio había una pista de baile. Todos sus familiares, amigos y compañeros de trabajo asistieron. Nadie quería perderse el evento del año. La prensa rodeó el lugar, todos querían participar.

Rebeca lucía radiante, con un vestido blanco bordado que le llegaba a los pies. Calzaba unas sandalias cómodas, sin taco, y llevaba el cabello suelto con algunos bucles. Todos disfrutaron, sacándose fotos o bañándose en la piscina. En el lago, un yate reposaba en las aguas tranquilas. La casa estaba rodeada por un gran parque y había reposeras distribuidas a lo largo y ancho del lugar. Estaba todo pensado para el disfrute y la comodidad de los más de ochenta invitados.

—Ay, amiga, estoy tan feliz por ti —dijo Felicitas llevándole una copa de *champagne*.

—Muchas gracias. Estoy que no caigo, pero ya deja de traerme alcohol que voy a terminar durmiendo en el pasto.

Ambas rieron y se abrazaron. A lo lejos, vio que Martín charlaba con uno de sus hermanos. Hasta el momento, no se había acercado a saludarla.

—¿Y qué se sabe de *Nubecita*? —preguntó Sam casi en un susurro.

Rebeca hizo un movimiento de hombros, quitándole importancia al asunto.

—Papá se encargó de ella. Sabe que si vuelve a aparecer, no escapará de la denuncia.

—Brindemos por eso—dijo acercándole la copa.

Ya era tema superado. La pierna le dolía por momentos, pero ya había cicatrizado y había vuelto a sus corridas diarias.

Su padre charlaba sonriente con el doctor Hermida y su esposa, quien insistía en que su esposo dejara de beber.

—Me lo merezco —decía el hombre cada vez—, que hemos logrado un excelente acuerdo, mujer. Gracias a eso nos vamos a las Bahamas.

Y entonces ella asentía y dejaba de insistir.

Rebeca pensó en su madre, quien también estaba siempre pendiente de lo que hacía su padre, sobre todo en cuestiones de salud. De todas maneras, estaba orgullosa de su padre, que continuaba con la dieta y se veía saludable.

Al llegar la noche, no podía mantenerse más tiempo parada, así que con un trago de color naranja, se recostó en una de las reposeras con vista al lago.

La noche se presentaba hermosa, la luna creciente en lo alto, oculta apenas entre las nubes, y corría una brisa que anunciaba que se venía la lluvia.

—Por fin te encuentro sola —dijo una voz a su lado.

Ella sonrió y lo invitó a sentarse a su lado.

—Te felicito por el contrato y por todos tus logros. Estoy orgulloso de ti.

—Muchas gracias. Creo que tienes algo que ver con mi reciente éxito. Supongo que no habría sido lo mismo.

—No tengo nada que ver. Este éxito es tuyo.

—De todas formas, voló la noticia de tu ascenso. Así que te felicito.

—Gracias. Todos ganamos. Chin chin —dijo alzando su copa de *champagne*.—Yo me tengo que ir, pero no quería dejar de reconocer tus logros y de darte un beso personalmente. Sabes lo que te quiero, me llena de felicidad todo lo que estás viviendo y lo que estás por vivir.

Ella agradeció y lo despidió aunque sin reconocer en el momento la tristeza que le causaba su partida.

Capítulo 28

Martín había sido ascendido a encargado de la sucursal de su país. Esto significaba que cuando su jefe Carter se encontraba en el exterior, él era el jefe. No era lo más ambicioso, pues seguía con la meta de ser miembro de la junta directiva, pero por el momento, era un gran puesto. Además de que sus ingresos habían sido duplicados, también así lo fueron sus responsabilidades. Sin embargo, se encontraba satisfecho con sus logros. Aunque nunca se lo diría, Rebeca había tenido mucho que ver en ese desenlace, pues sus idas y venidas habían vuelto más interesante el libro y la posibilidad de convertirlo en película. Se alegró al recordar su ingenio al convencerla de que otra empresa se interesaba en su obra para que ella se lo comentara a *Clarks*. Se dio cuenta de que a pesar de todo, ella continuaba confiando en él y esto lo regocijaba. Quizás sus caminos se separaban aún más que antes, pero esos meses de reencuentro se lo habían pasado de maravilla.

Con resignación pensó en que ella pronto se iría a Madrid. Por su mente pasó la posibilidad de irse con ella, de acompañarla en su viaje y en todo momento. Pero con su nuevo puesto, era muy irresponsable de su parte marcharse por tanto tiempo. Además no estaba tan seguro de que Rebeca estuviera de acuerdo con la propuesta. Pensó que si todo iba bien, algún día harían unos cuantos viajes juntos. Por el momento, lo importante era que cada uno era feliz a su manera, aunque separados. De todas formas, mientras se servía una copa de vino, solo en su apartamento con vista al mar, pensó en que debía despedirse de ella como corresponde.

Los días que siguieron al festejo, Rebeca casi ni estuvo en su apartamento. Se la pasó concurriendo a diferentes lugares a hablar de su libro o de su película, de la que por contrato, aun no podía dar demasiados detalles, e incluso de su incidente de la puñalada en su pierna. Su club de fanáticos se hizo más fuerte y le hacían llegar regalos a su domicilio o a la editorial donde tenía publicados la mayoría de sus libros. La gente volvía a reconocerla por la calle y volvió a sentir lo que el año anterior cuando había sido *bestseller*.

Luego de un año muy caótico, parecía que todo volvería a la normalidad, aunque se trataba de una realidad en la que tenía tanto dinero que no sabía aún en qué utilizarlo.

Para empezar, con su primer cheque, cambió su auto y el de su padre, y se pagó un viaje para su familia a las Islas Fiji. Aprovechó la oportunidad para conocer algunos lugares donde invertir, descansar de esos meses agotadores y ponerse en sintonía con su padre y hermanos. Todos gozaban de lo que brindaba el lugar. No solo la belleza del paisaje, sino también la alimentación, los entretenimientos pensados para turistas. Incluso durante esos días Rebeca trabajó en su novela, agregándole varias líneas valiosas, producto de esa energía renovada.

No había dejado de pensar en Martín y en Guillermo. Soñaba con ellos, y se armaba sus propias telenovelas mentales, en las que luchaban por ella y se disputaban su amor. Sin embargo, nada supo de Martín durante esos días, y con Guillermo había mantenido una comunicación fluida aunque aburrida. Lo que le depararía el futuro amoroso era muy incierto, pero no le preocupaba, estaba viviendo la vida a pleno, y era lo único que le importaba.

Capítulo 29

—¿Ahora que eres rica te olvidaste de mí? —
recibió por mensaje de *WhatsApp* la pregunta de Martín,
dejándola descolocada pero contenta. Hacía tiempo que
esperaba ese mensaje.

—Jamás.

—Así me gusta.

—Te espero en casa en una hora —contestó
traviesa. Pensó que no tenía nada que perder. Si por
aquellas cosas de la vida, él no contestaba lo que esperaba,
entonces se quitaría las ganas con Guillermo. O con
cualquier otro. A esas alturas le llovían los pretendientes. Se
sonrió al pensar en eso. Recordó ese mismo comentario
que le había hecho Marta, su *Community Manager*, unos días
antes. Le había dicho que con la noticia de su herida,
muchos admiradores se habían ofrecido de enfermeros. "¡Y
están réquete buenos!".

Al sentir el timbre, se puso muy nerviosa. Había
ambientado la sala de estar con velas aromáticas, algunas
sobre la mesa ratona y unas más grandes en el piso, junto al
sofá de dos cuerpos, y en el pasillo que llevaba al
dormitorio. Por si acaso.

Ella vestía un *body* negro de encaje. Llevaba las largas piernas desnudas, el pelo suelto y los labios apenas con un poco de brillo. La fragancia de su cuerpo Martín la conocía de memoria: *Passion Struck*, de Victoria's Secret.

No hizo falta hablar. Se enroscaron sus lenguas al instante, y la humedad de los labios fue descendiendo hacia sus partes íntimas. Primero se detuvieron en el sofá, donde se acariciaron y besaron con un deseo que hacía temblar los vidrios de las ventanas. Ella jadeó, entregada a él, y él la atrajo más hacia sí mismo, tomándola de las nalgas. Sus piernas se aferraron a las caderas de Martín, que comenzó a hacer movimientos intensos, mientras deslizaba sus manos por los pechos de Rebeca. Acarició sus piernas y se detuvo en su cicatriz. La acarició y besó con delicadeza y continuó besando su pierna hasta llegar a sus tobillos. Alimentaron la hoguera y se incendiaron varias veces antes de llegar al dormitorio, donde pasaron juntos el resto de la noche, reconociéndose.

Al otro día, Rebeca se despertó con la suave luz del amanecer, pues con su noche salvaje, olvidaron por completo bajar la persiana. Bostezó y se dio la vuelta para contemplar a Martín. Este continuaba dormido, tan bello como siempre, apacible y hermoso. Una mueca se dibujaba juguetona en su rostro. Rebeca sin pensarlo le dio un suave beso. Ante el contacto, él abrió sus ojos, y la mueca se convirtió en sonrisa.

—Buenos días, preciosa.

—Buenos días. ¿Quieres acompañarme a la ducha?

Él la miró sorprendido y asintió con la cabeza. La vio salir de la cama, con su cuerpo desnudo, y adentrarse en la ducha. El vapor alcanzó la habitación y entonces él corrió a su encuentro.

Con un salto lo tuvo dentro de la ducha. Rebeca estaba de espaldas, enjabonándose los brazos. Se pegó a ella, con su miembro juguetón pero no eufórico, y empezó a acariciarla y besarla.

—¿Te ayudo?

—Por el momento puedo hacerlo sola. Puedes seguir con lo que estás haciendo.

—Si así lo quieres.

Entonces empezó a acariciar su entrepierna, luego introdujo un dedo y después otro.

—Por lo menos deja que me enjuague.

Él se mostraba delicado, acariciando con la yema de los dedos, jugando con la espuma que se pegaba a su piel. Ambos sonreían, pero Rebeca de pronto sintió angustia al darse cuenta de que aquello no debía suceder. No debía volver a caer en sus redes. Él la rodeó por la cintura con los brazos y la miró a los ojos. En ellos había lujuria, y alegría.

—Quiero comerte—le dijo en tono burlón.

—Deja que me lave el pelo —dijo dándose la vuelta.

—Ven, que tengo hambre.

Entonces comenzó a besarla con furia, a morderle los labios, mientras le tocaba con la yema de los dedos las nalgas y la entrepierna. Martín era tan alto y grande que apenas entraba de costado en la ducha. Esto no fue impedimento para que hicieran el amor, al principio incómodos, y luego de un rato habiendo encontrado la postura ideal.

—Si te cansas, vamos a la cama —dijo Rebeca.

—¿Por qué me tomas? No hago pesas por placer.

Se rieron y volvieron a besar, y follaron como unos salvajes.

Luego de aquellas instancias de pura conexión, no volvieron a saber uno del otro por varios días. Parecía que ninguno sabía cómo enfrentar a esa nueva realidad que los unía, como si una fuerza transparente hiciera siempre de puente para que se atrajeran y terminaran juntos. Rebeca se quería convencer a sí misma de que aquel encuentro había sido solo sexual, y que al volver a Madrid con Guillermo, todo volvería a ser como antes. No se encontraba en la mejor etapa para ponerse de novia con nadie, se venían tiempos de viajes y presentaciones, y por lo que había acordado en *Clarks*, tenía que asistir por lo menos dos veces a Boston y dos o tres a Nueva York, por eventos relacionados con la película. No eran tiempos de amores sino de trabajo. Y Guillermo, bien podría ser un amor de verano, como había sido. Reencontrarse con él iba a ser significativo para ella, sobre todo para tener con quien salir en sus momentos de ocio, pero no quería atarse a nadie en esos momentos. Sin embargo, a pesar de las palabras que se decía para convencerse, no podía dejar de pensar en lo bien que había pasado con Martín.

Él había reconocido la cadenita que llevaba puesta esa noche. ¡Cómo no reconocerla si la había tenido en su poder durante meses! Rieron juntos al recordar la pelea tonta que habían tenido en aquella oportunidad, cuando eran unos adolescentes.

Luego de meses de intenso intercambio, de un momento para otro, el joven había dejado de contestar sus emails y no se conectaba al *Msn* para hablar con ella. Al no saber de él, Rebeca le dijo que necesitaba de manera urgente que le devolviera su cadenita, y le pasó su dirección de su casa de aquel momento. Él le había respondido, varios días después, que de ninguna manera se la devolvería porque se la había regalado, y los regalos no se devuelven.

Ella entonces le pidió un teléfono para llamarlo, donde haría su descargo, porque recordaba muy bien que nunca se la había regalado. Él no contestó a su pedido, por lo que durante un mes, Rebeca le escribió todos los días rezongando y reclamando su cadena. Mientras una estaba furiosa por lo que veía como indiferencia, él se divertía como nunca, y se enamoraba cada vez más de aquella chica tan obstinada.

Un buen día, su padre le dijo que había llegado un sobre para ella. Automáticamente supo de qué se trataba. El muy canalla le había enviado la cadena. ¿Pero acaso no era eso lo que quería?

En el sobre no solo iba la cadena, sino una carta escrita de puño y letra con lapicera azul, donde relataba cómo se había sentido por haberla conocido, y lo feliz que sería si pudieran reencontrarse.

En ese momento vivían a más de doscientos kilómetros de distancia, y para dos adolescentes, aquello era un gran impedimento. Ella miró en el sobre la dirección de Martín. Sabía que una de sus tías vivía en la misma ciudad, pero no sabía qué tan cerca. Así que se lo preguntó a su padre, quien tampoco sabía. Así fue que lo convenció para que llamase a su hermana y le pidiera explicaciones. Jorge no entendía nada, pero su hija no solía pedir cosas sin sentido, así que hizo la llamada. Después de todo hacía bastante tiempo que no sabía nada de su hermana. Esta lo atendió encantada, feliz de que su hermano mayor se hubiese acordado de ella, y ya de paso le reclamó por no llamarla más seguido. Ni que hablar de ir a visitarla, que doscientos kilómetros en auto es una pasada. Así, sin saber cómo, Rebeca con la complicidad de su tía, convencieron a Jorge, que no sabía cómo lidiar con una adolescente, y partieron rumbo a la capital, donde vivía su hermana. Lo que él no sabía es que su hija aprovecharía para escaparse y visitar a alguien que no era de la familia.

A pesar de que el viaje se hizo largo por las molestias causadas por sus pequeños hermanos, la joven iba tan entusiasmada que su mente y corazón se encontraban fuera de ese auto, ya pensando qué le diría a Martín, cómo se presentaría en la casa, qué haría si su madre abriera la puerta, y demás hipótesis posibles. Lo peor sería no encontrarlo en su domicilio. De todas maneras, sabía que su ida sería productiva porque volvería a verlo sin duda. En su cuello colgaba la cadena de plata, la que sin darse cuenta, acariciaba una y otra vez como si se tratase de un amuleto de la suerte.

Ahora recordaba, pensativa, cómo había pasado tantos años junto a Martín, compartiendo alegrías y fracasos. Se habían amado desde el primer contacto, sus personalidades siempre terminaban chocando y el desacuerdo era más poderoso que la unión, y por alguna razón siempre se terminaban separando. No era una relación sana, ambos lo sabían. Tenían una fuerte química sexual, se atraían y se deseaban. Pero en lo relativo al intelecto, a pensamientos, a proyectos, nunca estaban de acuerdo.

Resignada, se preparó un café y buscó música relajante para escuchar mientras escribía. Sin embargo, no podía dejar de pensar en que su relación con Martín no tenía futuro. Por más bien que la pasaran juntos, tarde o temprano volverían las peleas. Y esta vez, ya madura y con tantos proyectos e ilusiones, no tenía ganas de andar por ese camino.

En pocos días, Rebeca tomaría su vuelo para Madrid donde se quedaría por lo menos una semana. No solo iba a reencontrarse con Guillermo sino que retomaría las giras y eventos planeados con tanto tiempo de anticipación, que habían sido aplazados de un día para el otro.

—Muero por verte. Ya hice espacio en mi armario para que guardes tu ropa.

—Gracias, pronto estaré ahí —le contestó a un Guillermo que se había mostrado muy ansioso con su viaje. El gesto le pareció dulce, pero bien sabía ella que no se quedaría en su apartamento. Por el contrario, reservó una habitación en un hotel cuatro estrellas con vista al Parque del Retiro.

Además, por cómo estaban las cosas, no sabía si el reencuentro con Guillermo sería tan pasional y amoroso como la despedida. Su viaje era por negocios, y él solo sería uno de los entretenimientos. Lo que importaba era disfrutar a pleno lo que estaba viviendo. Y sí en algún momento el amor se hiciera un lugarcito en su vida, sería para entrar de lleno, sin vacilaciones, para disfrutarse, palparse, sentirse como corresponde, sin medias tintas, para saborearse, que al final de cuentas es lo que importa.

Capítulo 30

Había comprado un pasaje en *Business*. Era la primera vez que podía costearse uno, por lo que iba dando pequeños saltitos, como una niña con una muñeca nueva. Se comió unos bocadillos de cangrejo en la sala VIP, mientras esperaba la hora del vuelo. La sala estaba casi vacía. Estaba decorada con un estilo moderno, tenía una televisión en cada pared y sillones súper cómodos, había varias mesas con aperitivos y bebidas. Algunos hombres mayores bebían whisky aunque no eran aún las 11 de la mañana. Decidió que debía darse el gusto de beber algo también. Después de todo, no tenía que trabajar ese día. Se dirigió a la zona de refrigerios, donde una mujer de sonrisa amable le ofreció varias bebidas caras, carísimas. Sin embargo, optó por una cerveza de trigo que se bebió de pie, mirando por la ventana. Desde ahí se podía ver toda la pista de aterrizaje donde había varios aviones aparcados. Podía ver el ir y venir de los funcionarios del aeropuerto que estaban colocando la rampa de acceso al avión al que se subiría Rebeca.

Al subir, colocó su maleta en el compartimiento superior, mientras una azafata le preguntaba al chico de al lado si quería algo de beber. El asiento era amplio y tenía un espacio para poner su *laptop* y demás pertenencias.

Cuando finalmente se acomodó en el sillón, la azafata, una bella mujer de melena rubia, le acercó una carta de vinos y otra de platillos. No se lo podía creer.

Pidió una copa de vino tinto que no pudo ni pronunciar, que fue descorchado frente a ella.

—A su salud —le dijo el chico de al lado.

—A su salud —le respondió.

El menú era variado. Desde carnes rojas, pescados y pastas, hasta canapés. No sabía qué elegir, se le hacía agua la boca. Se decidió por un salmón con papas asadas.

Al beber el primer sorbo, las luces de la ciudad comenzaban a alejarse. Se acomodó en el sillón y cerró los ojos. Se sentía feliz, nostálgica, esperanzada y orgullosa. Y por alguna razón, sola. Pensó en Martín, en cuando viajaban juntos. Él la acompañaba a todos lados. Le había costado mucho empezar a hacer planes sin él. No solo le hacía las cosas más fáciles, sino que a su lado, nunca había conocido el aburrimiento.

Abrió uno de los libros que llevaba y leyó sobre negocios, hasta que llegó la comida que había pedido. El aroma la hizo sonreír de oreja a oreja. Todo era maravilloso, se sentía una reina. ¿Era aquello real? Volvió a beber de la copa, mientras miraba pasmada la presentación en el plato. Un plato de verdad, de porcelana, con comida de verdad, no como los de clase turista. Agradeció mentalmente por poder permitirse esos lujos. Miró hacia el chico de al lado, que se disponía a comer una carne asada con espárragos. Él levantó la vista y le guiñó un ojo. Rebeca se puso colorada de pies a cabeza. Se terminó el contenido de su copa de un solo trago. En menos de cinco minutos, ya tenía la copa llena hasta el borde de vino rosado. Luego de comer, continuó bebiendo diferentes variedades de vino que le ofrecía la azafata, y enseguida vinieron los postres, y más tarde decidió pedirse unos bocadillos. Hasta que finalmente, pasada de copas y con la panza llena, se durmió el resto del viaje.

Al arribar a Madrid, el clima se presentaba frío y lluvioso. La estaba esperando Guillermo, hermoso, con una enorme sonrisa. Llevaba unos vaqueros gastados y el pelo desordenado y húmedo por la lluvia. Se dieron un fuerte abrazo.

—Cada vez más guapa. Enhorabuena por el mega contrato.

—Muchas gracias.

Él tomó una de las maletas, mientras que Rebeca acarreaba la de mano.

—¿Y a dónde te llevo? —dijo con el ceño fruncido.

—Me hospedaré en el hotel Val Platz. Ya te paso la dirección.

—Bien lejos de casa.

—No lo tomes como algo personal. Me queda cerca de la editorial y es súper céntrico.

—Está bien, no pienses que te estoy reclamando algo.

Ella no dijo nada. Solo sonrió de costado. Los minutos que siguieron, caminaron en silencio hasta el estacionamiento, donde el viejo auto de Guillermo aguardaba bajo la lluvia.

—¿Quieres hacer una parada en algún bar?

—Te agradezco pero estoy cansada del viaje.

Guillermo asintió. La dejó en la puerta del hotel, se dieron un beso en cada mejilla, y antes de que Rebeca entrara por la puerta, el auto ya se había marchado.

Al otro día, a las siete, una funcionaria del hotel le llevó el desayuno continental, que disfrutó en el balcón de su habitación. Tenía una vista despejada de la ciudad y del parque del retiro. Contrario a la noche anterior, el día estaba soleado, y mucha gente había salido a hacer deporte.

—Hola, Beca, ¿cómo llegaste?

—Llegué bárbaro, pa. Todo impecable, el hotel es una maravilla.

—Me alegro mucho. Acá tus hermanos te mandan un beso.

—Otro —dijo, y pulsó enviar.

Tenía algunos mensajes de sus amigas que leería más tarde. Ese día tenía un cronograma apretado que debía cumplir a rajatabla. Luego de ducharse, se dirigió a la editorial donde se reuniría con Lola.

Capítulo 31

Se vistió un conjunto de pantalón y chaqueta de color beige, una camisa blanca, y unos zapatos con poco taco, para poder caminar cómoda por las calles de Madrid. Como había viento, se ató el pelo en una cola de caballo y se colocó un pañuelo multicolor en el cuello. Caminó despreocupada las nueve cuadras que la separaban de la editorial, mientras escuchaba con un auricular en cada oreja un disco de Cerati.

Bolsos Louis Vuitton, cabezas de diferentes colores, hombres trajeados en monopatín, gente, mucha gente por todos lados. Utilizó el *GPS* para guiarse pues no recordaba cómo llegar.

—¿Te has perdido? —escuchó que le preguntaban a sus espaldas.

—Hola, Guille, ¿cómo estás? —se dieron un beso en cada mejilla y continuaron caminando uno pegado al otro. Él le contó que su compañero de piso se había enamorado y había decidido irse a vivir con su novia, por lo que se encontraba solo en su apartamento.

—¿Y eso no es algo positivo? —preguntó dubitativa. Guillermo llevaba las manos en los bolsillos y un aire de preocupación, muy distinto al que tenía la última vez que había visitado Madrid, que por el contrario, era quien llevaba la voz cantante y la hacía reír con cada palabra que salía de su boca.

—No lo he procesado aún. Supongo que ya es hora que me anime a vivir solo, pero tendré que mudarme porque no puedo costear este piso. Ya sabes, mis ingresos no son la gran cosa.

Rebeca le apretó el brazo amistosamente y continuaron hablando de la editorial. Habían sido tiempo difíciles, con varios despidos y varias reestructuras, pero la actividad comenzaba a normalizarse.

—¿Cómo estás de la pierna?

—Me duele por momentos, pero todo bajo control.

—¿La chica no volvió a…?

—No volví a saber de ella, por suerte.

—Quizás estás más cómoda en un hotel de lujo, pero no quiero dejar de recalcarte que hay lugar en mi piso, y a decir verdad, me encantaría que me hicieras compañía. Creo que además es lo mejor para ponernos al día.

Se rascó la cabeza y volvió a mirar al suelo.

—Te agradezco. No quiero que pienses que estoy rechazando tu oferta, eres muy guay, como dicen ustedes, pero prefiero no mezclar las cosas. Es decir, la última vez fue una experiencia inolvidable, pero han pasado muchos meses y prefiero no hacer lío. Me entiendes, ¿verdad?

Él asintió, con una mueca.

—No me pongas esos ojos tristes que me siento culpable —dijo riendo y le pegó un puñetazo en el hombro.

Asintió comprensivo. Al llegar, los recibió Lola. —Oye tía, te veo espléndida ahora que eres súper rica.

Rebeca y Guillermo rieron a carcajadas, y cada uno por turno saludó a Lola, una mujer de unos cincuenta años que llevaba el pelo corto de color blanco, y unos lentes con armazón rojo. Hablaba de forma efusiva, con el tono de voz elevado, haciendo mucho énfasis en la erre.

Ese día, Lola la hizo trabajar como una loca. Esa semana terminaría todo y volvería a su país. A ver a Martín, que era en lo único en que pensaba, a pesar de que Guillermo pasaba de vez en cuando y le hacía alguna pregunta que la sacaba de sus pensamientos.

Aquel hombre era realmente hermoso, pero no era Martín. No podía dejar las comparaciones de lado y trataba de controlarse en vano. Sí, claro que era hermoso, y despreocupado, y medio *hippy*.

Pero Martín también era un deleite. Y con él se olvidaba de que tenía que asistir a reuniones de trabajo, o posar ante una cámara, o mantener un perfil de escritora seria. Él le permitía ser ella misma, podía dejar de fingir. Podía estar de ropa deportiva o con el cabello enredado. Él la conocía por completo y no la juzgaba.

Con el encuentro que había tenido, no podía dejar de pensar en que algunos sentimientos podían aflorar, pero no estaba del todo segura de cómo se sentía él. Y no la había buscado, no la había despedido en el aeropuerto ni le había enviado ningún mensaje para saber si había llegado bien. Siempre justificaba sus actos, y dedujo que estaría ocupado con su nuevo trabajo. Qué sexy que estaba la última vez, pensó, y al mismo tiempo se retó a sí misma por no poder controlarse.

Era un hombre que lo tenía todo. Le gustaba la buena música, y gracias a él, había conocido a la mayoría de los artistas que ahora escuchaba; se reía a carcajadas, exhibiendo una enorme sonrisa. Tenía la costumbre de inclinar la cabeza hacia atrás, al punto de mostrar la campanilla. Hasta eso le parecía sexy, y su piel color canela en verano, que hiciera chistes o incluso el ridículo para hacerla reír. No podía pensar en nada negativo, y eso la asustó, pues suele ser un signo de debilidad, o de enamoramiento ¿Por qué con Guillermo no le pasaba todo eso?

Sabía que no debía forzar lo que sentía, pero volver con Martín era retroceder. ¿O no? No tenía ni idea. Se sentía muy tentada por aquellos dos hombres. Uno era muy tranquilo y brindaba seguridad, el otro era un kamikaze.

Ella era un trampolín de emociones.

Capítulo 32

La intensa lluvia hacía correr a la gente. Y Rebeca, aunque tenía una pierna dolorida, y más en un día de lluvia, no se quedó atrás, y corrió con paraguas y todo por las calles de Madrid, para no tener que tomar taxi o aprovechar la oferta de Guillermo de llevarla al hotel.

Al llegar, la llamaron de recepción para avisarle que había un ramo de flores para ella. La recepcionista se encogió de hombros cuando preguntó quién lo había dejado.

Era un ramo de lirios blancos y rosados. En él había una tarjeta que decía: *"Desayunemos juntos mañana. Te espero en la cafetería del hotel a las 9.00 horas"*. No tenía firma. ¿Guillermo? Tenía lógica porque había quedado con Lola en encontrarse a las diez de la mañana, por lo que seguramente, era una invitación suya. ¿Pero lirios? No le veía pinta de hacer ese tipo de regalos. ¿Algún fan? Solo de pensar en eso se le heló la sangre.

A las seis de la madrugada ya estaba de pie, hurgando entre sus ropas para darse un baño. Estaba ansiosa y nerviosa por aquel regalo anónimo que lucía en un jarrón alto en un mueble de su habitación.

¿Y si no voy?, se preguntaba una y otra vez. Quien le hacía una invitación sin firmar con nombre y apellido, debía saber que corría el riesgo de que no asistiera al encuentro. Sin embargo, si hacía el regalo de esa manera, es porque sabía que concurriría de todos modos, aunque fuera por curiosidad. Y la curiosidad mata al gato.

No se sorprendió demasiado cuando lo vio sentado a una de las mesas de la cafetería. Llevaba el pelo al natural, con sus bucles despeinados. Vestía unos vaqueros y una remera verde que resaltaba sus músculos. Se encontraba leyendo una revista.

—No dejas de sorprenderme.

—Hola. Estás preciosa como siempre.

—¿Se puede saber qué haces acá y cómo supiste dónde me estaba hospedando?

—Antes de comenzar a increparme… ¿Por qué no te sientas?

Ella obedeció, y él dejó la revista a un lado.

—Estás realmente…wow…cada día más linda.

—Tú también —puntualizó, —y gracias por el ramo de flores.

—Me alegro que te hayan gustado.

—¿Y ahora qué?

—Ordenamos un rico desayuno.

Se levantó y se dirigió a la barra a ordenar un café con leche y unos bocadillos. Al regresar, llevaba la sonrisa más linda del lugar. Algunas mujeres levantaron la vista y se sonrojaron al verlo pasar. La verdad es que estaba para comérselo.

—Me conoces bien —dijo Rebeca al verlo llegar con la bandeja. Y enseguida se llenó la boca de pan con manteca.

—Me extraña que lo digas.

—¿Vas a decirme que haces acá, o vas a continuar mucho más con el misterio?

—Me apetecía pasar a saludar —dijo quitándole importancia.

—Ok. ¿O sea que viajaste catorce horas en avión solo para saludar?

—Para que veas lo importante que…—dijo con la boca llena.

—¿Qué cosa?

—Te echaba de menos —dijo y bebió un sorbo de la taza.

Rebeca se sonrojó y su corazón bombeó con fuerza. ¿Qué hacía Martín ahí? ¿Le estaba declarando su amor de una manera camuflada?

—Sabías que en unos días regresaba, ¿no?

—Sí, pero hacía mucho tiempo que no me tomaba vacaciones, y con lo del contrato y eso, digamos que Carter me autorizó a tomarme unos días. Y me dije, ¿por qué no?

—Pues entérate de que yo no estoy de vacaciones.

—Cuando termines, nos iremos a Ibiza o algún lugar a disfrutar, que lo tenemos merecido. ¿No te parece?

—¿Y por qué motivo piensas que iría contigo?

—Porque follamos de maravilla —dijo con un trozo de bizcocho en la boca.

—O sea que yo sería tu juguetito sexual.

—Nada más alejado de la realidad. No se me antojaba hacer el viaje solo, y ya que andabas por España, se me ocurrió que era la mejor opción.

—Claro, entiendo. Cuestión de cercanía.

—Exacto.

—¿Y cómo estás tan convencido de que aceptaré?

—Mmm tengo unos días para convencerte —dijo y lanzó una mirada llena de preguntas. Rebeca no contestó.—Pues…espero que no te hayas sentido invadida. No fue con mala intención.

—Idiota —dijo emocionada.

—¿Por qué lloras?

—No estoy llorando, idiota.

Él se puso en cuclillas a su lado y la abrazó. Luego de unos minutos, volvió a su lugar.

—No sé qué intentas hacer, pero no podemos. No funcionará.

—Lo sé, es una mierda, pero te extrañaba. La puta madre —dijo frustrado.

—Tengo que estar a las diez en la editorial. Lo lamento, esto es complicado.

Él se mantuvo en silencio y la vio partir. Ella se dio vuelta para verlo una vez más antes de cerrar la puerta.

"No te he olvidado", dijo en voz alta, asimilando sus sentimientos. Pero ella no lo escuchó.

Capítulo 33

El sol brillaba en lo alto a las dos de la tarde, cuando Lola apareció con unas empanadas de jamón y queso para almorzar.

—Te lo mereces después de todo lo que has trabajado.

Rebeca agradeció con un gesto y apenas tocó los bocadillos.

—Has estado como una autómata. ¿Te sucede algo?

Rebeca negó con la cabeza. "Dejé escapar una oportunidad, quizás dejé escapar al amor de mi vida. Vino a buscarme y lo rechacé. Quizás soy una idiota y me arrepentiré más tarde." Anotó todos sus pensamientos en la libreta violeta que siempre llevaba encima, como si de esa manera pudiera convencerse, como si las palabras escritas pudieran tomar vida y alertarle de estar cometiendo alguna estupidez.

Al regresar al hotel, Martín se encontraba en el jardín, sentado en un banco al sol. Llevaba un gorro de visera y lentes oscuros, que se quitó al verla llegar. Se puso de pie y sonrió. Estaba nervioso, aunque intentó disimularlo.

—¿Has estado todo el día acá?

Él se encogió de hombros.

—Sabes que no puedo permitirte subir, ¿verdad?

—¿No?

—De ninguna manera.

—Necesitamos hablar.

Rebeca, que tenía todo el peso de su cuerpo apoyado en una pierna, cambió de posición y con los brazos cruzados le dijo que no había nada de qué hablar.

—La armadura lastima. Ya he aguantado lo suficiente.

—¿De qué hablas?

—Me escose la piel, irrita y asfixia. Y ya quiero quitármela.

—¿Eres un poeta? —preguntó riendo, intentando buscar algo más apropiado que decirle.

—Claro que no lo soy. Te hablo en serio, no puedo seguir así.

—¿Acaso piensas en algún momento en lo que yo siento?

Él la miró de soslayo, bajó la cabeza y pateó algunas piedras.

—Necesito un nuevo amanecer, uno en el que estés a mi lado —dijo luego de unos breves instantes de silencio.

—Ya deja de recitar palabras copiadas. Tú no eres así, no sé qué pretendes pero no me gusta hacia donde se dirige la conversación.

—Te respeté durante todos estos meses. Me contuve todas las ganas que tuve de…, me aguanté como un señor, cómo corresponde.

—Claro, aplausos para el señor que pudo contenerse.

—Te hablo en serio. Cuando te atacaron me sentí muy frustrado por no poder acompañarte, no quiero que volvamos a alejarnos.

—Eres un egocéntrico, esto no funcionaría. Ya lo intentamos y…

—Por ti lo haría funcionar—dijo interrumpiéndola y lanzando una risotada inapropiada producto de los nervios. Carraspeó y retomó. —Ya simulé todo lo que podía. Te di el espacio que necesitabas. Lograste perdonarme, ¿verdad?

—Te perdoné hace mucho tiempo. Hemos madurado y creo que ya pasó bastante agua por debajo del puente. No necesito un hombre para conocerme y para quererme. Ya me he dado suficiente valor sin necesitar de otros.

—Estoy orgulloso de ti. Eres más inteligente y madura, sabia, y tienes una cola de ensueño.

Se rieron con frenesí. Él le extendió la mano y achinó los ojos. La muchacha se derritió y frunció los labios mientras se debatía entre la razón y el deseo. Luego de unos instantes de vacilaciones, apretó su mano con fuerza y se alzó en puntas de pie para darle un beso en los labios. Fue dulce y romántico, sin intenciones sexuales. Luego lo condujo de la mano hasta la puerta del ascensor.

Al finalizar la semana, viajaron juntos a Ibiza, donde disfrutaron de unas vacaciones pasionales — salvajes—, y llenas de amor.

Rebeca no necesitó hacer anotaciones en su libreta, y cuando tocó volver, se la olvidó dentro del cajón de la habitación.

Agradecimientos

Escribir ha sido siempre mi terapia y una forma de hacer mis sueños realidad. Te agradezco querido lector por haberme acompañado en este camino, y ojalá lo hayas disfrutado.

Agradezco también a mi familia por el apoyo constante y a mis amigas que siempre aportan su opinión leyendo el primer borrador.

Dónde encontrarme

Si te gustó el libro, por favor quisiera pedirte que lo valores con tu opinión en la plataforma donde lo hayas comprado, o por los medios que más te gusten.
¡Muchas gracias!

Y también puedes enviarme un mensaje por alguno de estos canales:

volarescribiendo@gmail.com

Twitter: LuciaRArnold

Instagram: volarescribiendo

Facebook: Volar

Made in the USA
Columbia, SC
11 September 2022

66815266R00145